椿树峁

谢侯之 著

中华书局

图书在版编目（CIP）数据

椿树峁/谢侯之著. —北京:中华书局,2022.8
ISBN 978-7-101-15818-2

Ⅰ.椿… Ⅱ.谢… Ⅲ.随笔-作品集-中国-当代
Ⅳ.I267.1

中国版本图书馆 CIP 数据核字(2022)第 119498 号

书　　名	椿树峁
著　　者	谢侯之
责任编辑	马　燕
责任印制	管　斌
出版发行	中华书局

（北京市丰台区太平桥西里 38 号　100073）
http://www.zhbc.com.cn
E-mail:zhbc@zhbc.com.cn

印　　刷	北京盛通印刷股份有限公司
版　　次	2022 年 8 月第 1 版
	2022 年 8 月第 1 次印刷
规　　格	开本/880×1230 毫米　1/32
	印张 8¼　插页 2　字数 90 千字
印　　数	1-10000 册
国际书号	ISBN 978-7-101-15818-2
定　　价	46.00 元

目 录

序 一

史砚华

　　谢侯之的散文集《椿树峁》要出版了，由衷地感谢中华书局。为老谢，为延安插队的老朋友们，也为从未谋面的读者们。

　　我和谢侯之，曾在一个叫"万庄"的村里插队。那是1969年1月，我们相遇在万庄沟。万庄沟是延安市北郊延河西畔的一条山沟，因而也叫西沟，涓涓流水，清澈寒凉。我住万庄生产大队第二小队，在沟畔，在山下。谢侯之住第三小队，在椿树峁，在山上。椿树峁生（读shéng，意为"活""住"）个小村落，只有九户人家，极其贫困。九户人家的椿树峁，安插了九个北京男女知青，从那些苦情的婆姨、女子、后生、汉们口中夺食。不久，有通天人士把老区人民的苦情告到北京，椿树峁的知青被调离，谢侯之下了山，合

1

并到万庄知青灶，我们得以熟识。

　　谢侯之写了不少很美的散文，其中有一些写了插队生活。前一阵，写知识青年"回首"的文字多了起来，但是没有见到有他这样写的。读来欲罢不能，我和太太都成了谢侯之的粉丝。太太和我们在一道沟里插过队，爱画水墨山水。她说：谢侯之的散文有点儿像宋人梁楷的泼墨画，渲染有心无心，笔调经意不经意，十分随性，但很传神。谢侯之用淡淡的墨色道尽了乡人古意，人间真情，山里人真实的生活，直白的人性虽然略带苦涩，却又有浓浓的诗意。

　　我们尤其喜欢《乡学》，喜欢它的文字，更喜欢文字后面的真情。那时，乡里人家穷，山里孩子苦。男娃娃们十冬腊月露着肚脐眼、脚趾头，在大山里疯跑；女娃娃们背着"猴娃"（弟弟妹妹），在院起里敛柴，在窑洞里烧火。那时的课本内容跟山里的孩子没半毛钱的关系。娃娃们厌师，厌学，逃课，气老师，"满庄里找不下个读书人"。那时，教乡学不易，教好乡学更不易。可是，乡亲们却说，谢老师"真格个好老师"。在大山里，谢老师离经叛道，"不管上面发的课本"，"讲古朝"，娃娃们喜欢，"人人端坐，大气不出"，"都在功课上下心"。谢老师教唐诗，"无边落木萧萧下，不尽长江滚滚来"，娃娃们喜欢，"课堂上响起来一片玻璃般的童音"。谢老师讲"世界宇宙太阳系"，讲"地球是个圆球"，讲昨个的麦哲伦、布鲁诺，讲而今的"人坐飞船上天"，娃娃们喜欢，齐声央告：

"谢老师，我们考好了，加一堂自然课吧！"从此，寂静的山村夜晚有了朗朗读书声，"庄里人跑来，大惊小怪'咳呀！娃们吃罢饭要抢油灯了，再以前莫见过这号怪事'……"谢老师心都醉了，写道："那一片清脆的童音，一片骯兮兮，被太阳晒得红红的脸蛋儿，一片稚气渴望的眼睛！那是人生路上真情的画儿。"多少年后，谢侯之回忆："……我在柏林工大……带习题课。站在讲台上。看到下面一大群男女青年的眼睛，那是洋人蓝色的眼睛。我想到了枣圪台。哦，我那片小鹿小兔般的眼睛！那些娃现在在哪里呢？"

我一直对老谢抱怨，《野草》中的史砚华和现实中的史砚华不大像，或者说现实中的史砚华不大像《野草》中的史砚华。半个世纪前的回忆嘛，自然带了些误差，可以理解。然而，《野草》中的小女子彩云儿还是那个彩云儿。《野草》是这么写的："门哐当一声，跳进个小女子来，定睛看了，却是张文成老汉的小女儿彩云儿……彩云儿叫起来：'嗨，这多晚了，这些还没做饭吃？'我说：'只剩豆杂面了，不好做。又没个瓜菜，熬不成和（huò）面。'彩云儿作嗔道：'那就不吃了？两个懒鬼，饿死不冤！'话没说完，……门哐当一声，人已不见了……不一刻，窑门撞开。彩云儿抱个面案板，后跟了秀莲、金花几个小女子，拿几棵胡瓜豆角西红柿之类时鲜蔬菜，笑嚷着拥进门来，手脚麻利，分头升火，切菜，揉面，烧水……见彩云儿把一根面杖，在案上擀得进退有据，极是招式。耳边响声大作，节奏如闻鼓点。……说话间，面好了……我忙取了三四个碗来，招呼几个女子一起吃。彩云儿金花都笑，说是谁像你们，饿死也不做饭。我们晚饭早吃停当了。'你们款款吃，没人跟你们抢。那一大锅两个狼怕还不够呢!'说着就都站起身，拉开门，小鹿样地跑了。身后流了串铃样的笑声……"那人，那景，那情，犹如昨日。五十年在外漂泊，音容依旧，乡音未改，泪水模糊了我一双老眼。

谢侯之的笔下，有那么一群不甘寂寞的年轻人，在那个荒诞不经的年代，艰难地探索着人生，寻找着茫茫云海中属于自己的那片云。你是打倒了的高官的儿子，你是住进了"牛棚"的教授的女儿，你是来自普通人家的庶民子弟，你是出身"黑五类"的"可教育好子女"，无论从哪里来，大家在一个锅里喝小米米汤，吃玉米面酸馍。在同一架山上开荒，锄地，接受同一条沟的"贫下中农再教育"。他们迷茫过，思考过，甚至辩论过，争吵过。他们面对山里人真实的生活，直白的人性：从椿树峁食不果腹吃糠咽菜的苦情日子，到万庄衣不遮体"衣衫褴褛的汉子婆姨"；从一道沟里"好风流"，"走过鞑子地，浪过青海甘肃"，"拐子腿一弯一扭的地里好手"，到黄土高原"调儿直脖白嗓，词儿热辣撩人"，"透一股原始欲望的粗野的信天游"；从枣圪台陈老汉"昔在长安醉花柳，五侯七贵同杯酒"的人生骄傲，到万庄根宝后生"见天儿好烧酒喝上，好肥肉块子喋上"的最高追求，书里都有真实、直白，又不乏诗意的描述。谢侯之们没有逃避，没有堕落，没有随波，没有逐流，更没有放弃，做了各自有效或无效的努力，就像《野草》里那株岩石夹缝中的小草。

在大山里，谢侯之始终没能"通晓"人生的复杂道理，他坚信1+1等于2，不时幼稚地发出对1+1不等于2的愤怒。于是，谢侯之飘上了数学那片云。其实，他骨子里是个诗人，也始终是个诗人，既有诗人的懒散和冲动，也有诗人的激情与才华。非常高兴，晚年谢侯之返璞归真，"改邪归正"，回到他的本原。开始用笔去寻我们的足迹，写我们的源，写我们的根。

这本书不仅记录了他，也记录了我们这一代人青涩而认真的年少时光，更记录了中华大地那一段不容忘记的历史。那是我们认真追求1+1=2的故事。

戏填《一剪梅》，贺出版《椿树峁》：

少小离家聚寒窑，耕尚勤劳，读尚勤劳。红桃白李漫天飘，远也弄潮，近也弄潮。

半世风云雨潇潇，你守情操，我守情操。一笑相逢《椿树峁》，歧路条条！崎路迢迢！

2022年春
草于马里兰大学

序 二

王克明

我早就想，我们西沟两位插队老友的文章，以后得想办法结集出书。一个是王新华，一个是谢侯之，都写插队写陕北，风格不同，却都一流文章，动情勾魂。这事儿我惦记了多年，也跟他俩说了多年，逮机会就到处转他们文章。俩人却都不大以为然，因为一个搞科研的博士，一个计算机博士，写作都只是性情中事而已，有感才发。

终于看到谢侯之的这本《椿树峁》能出版了，我这心愿了了一半儿。想起多年前我对他说："嗨，你知道吗？你是个散文家哎。"他眼一瞥嘴一撇："去!"今天，事却成真，为他高兴。

谢侯之不是他的本名，而是笔名。为什么是这么个笔名？只因为他年少时得了外号"谢猴子"，山里几年，我们都这么呼他，于是这成了他陕北记忆的组成部分。我理解，他用这个谐音的笔名，也是给自己的人生取了一种定义。远方的陕北，在我们的生命中，是根一样的存在。

椿树峁是他插队的那个山村，是今天已经不存在的一个村庄的名字。那时，椿树峁跟我们村地界相邻，在我们最北端山峁的对面。每年我们在那里种糜子，从春到秋，耕种锄割，只要去那儿干活儿，抬头就见椿树峁，隔着一条沟，对面山上，常见。

但我只去过两次那村子。一次是刚到陕北时，1969年初，春节前腊月二十九。那天，为了点儿丢失的过年食品，我和同学一起上椿树峁，去找打架的帮手。后来知道，那时刚到椿树峁的男知青，住在生产队副队长家的窑洞里。我肯定是在那个窑洞里找到他们的。

再一次上椿树峁，是1991年12月14日。那次我回陕北看民俗，上椿树峁参加了一次葬礼。那个葬礼的地点，就在当年谢侯之他们刚去时住的地方，是他书里常说的副队长郭凤强家。郭凤强早在1985年去世了，那天葬礼送别的，是他的婆姨许步兰。葬礼中亲族间的对话仪式，就在谢侯之住过的那间窑洞里举行。那是二十多年后，我第二次进到那个窑洞。那晚窑洞里，炕上盘腿坐一圈儿许步兰的娘舅家人，炕中给他们摆着烟酒，地下则跪满了子侄孙辈，一片孝布雪白，回答炕上提出的各种问话。当晚在那个院子里举行了灵前献祭，乡民管那仪式叫侑食，是《周礼》时候传下来的词。第二天，我随村中男人们一起上山，送许步兰入土安息。

2019年1月19日，我回余家沟时，去到我们北山上，望见了椿树峁的遗址。近二十年没人居住的村庄，已经盖满蒿草。那天傍晚，渐渐暗下来的远山蓝色背景中，西天的光线却照亮了黄土山村的遗址轮廓，旧时的窑洞早没了门窗没了人烟没了鸡鸣狗咬，万山深处，万籁俱静，残阳夕照，剩几棵枯枝树。

我和谢侯之书里写的椿树峁，有过这样的往来。我和谢侯之的来往，则是在他离开椿树峁、住到万庄以后。都在沟里，相见容易了。那时，知青在传阅图书，写诗填词，好友间交往甚多。1971年，谢侯之、王新华、许小年和我，曾被人认为是喜欢"封资修"的小集团，这件事奠定了我们一生的友谊。那时，好友中，只有史砚华开始文学创作写小说，文笔忧郁，让人尊重，但后来他成了国际上重量级的量子物理学家，不再写小说了。他发明的方法，使世界首次制作出纠缠的双光子。谢侯之那时没写文章，但作诗填词精致巧妙而别出心裁。记得1973年初我从北京回陕北，进沟路过万庄，大家聚会，都感叹新的一年还得接茬插队，没辙。却见谢侯之用泥在窑洞门上做了一鬼头，龇牙咧嘴，饕餮铺首一般，好玩有趣。我便给他背嵇中散夜灯火下弹琴见鬼的古文段落，他听了喜笑颜开，抓耳挠腮，便戏作《相见欢》词一阕，"记克明归"：

> 燕歌唱却五更，会儒雅。圣贤一一读尽，何豪侠？
>
> 休烦恼，搜钱币，充酒家。一双嵇康傲眼，接茬插！

那年，我们西沟只剩了几个知青，各在村里小学教书。沟里最深处的枣圪台村没了知青，就把万庄的谢侯之借去教书，因而后来有了这书中《乡学》一文。谢侯之和学生娃娃们的合影照片，他说是我给照的。那时他有个祖父遗留的120相机。他祖父是地质学家，死于1966年8月。枣圪台白面多，我带上家里寄来的猪油去找他。我俩捍宽面条，煮熟捞出，抆两勺猪油，抓一把大盐粒子，在碗中拌起。待油盐化开，便得山间猪油面条，本色质朴，咸香单纯，让人记挂一生。

后来他去西安上学，去哈尔滨读研，回北京工作，搞计算机研究。他去德国后，我们曾断了几年联系。但九十年代初，他用传真给我发来信，问我平安。信不是手写，是录入打印那种，可他说那是他手写。在德国，他很早发明了一个汉字写入板，取代拼音输入，连接到计算机，自动转成电脑文字，上了汉诺威工业博览会。后来有德国的技术公司请他做驻华代表，他便回到北京，我们便又常聚，喝咖啡。我知道他对他的领域充满兴趣。

不料，到大家都用博客的时候，我忽然看到他的文章，被吸引住。那些散文，写乡俗厚重，带了儒雅；记苦难深沉，多了平实；从身的经历，浸透出心的体验；在丑的世间，品味到美的人性。所以，苦涩里有了幽默，压抑下却也抒情。如此好看，眼前大亮，口中大赞，但并不惊讶。他就应该出手不凡，写成这样儿，从计算机专家跳到散文家。他的陕北故事、插队叙述与众不同，和他在陕北填词一样，仍在于精致巧妙而别出心裁。我知道那并不是他刻意的用功结果，而是细节记忆，情感烙印，修养所在，下笔自得。

其实更重要的，是那个家庭出身决定一切的年代，开启了他的独立思考；是那时束缚山民劳动收入使人饥饿苦难的处境，激发了他的人性意识。我想起我们西沟的乡亲时，常想到哲学里的向死而生。那是对积极生命意识的一种理性解释。但是乡亲们的生死呢？谢侯之在《我的黄土高原》一文中写下对乡民命运的感悟："再咋的苦情，咋的遭罪，都平静着，麻木着，并无嚎叫不甘，认下，受下，顺了死生，随了命定。你暗中感受到那种承受苦难的能量。"实际上，那些并非积极的生命意识，"顺了死生"的生命意识，比我们更早地看清了向死的过程。所以，有个吃处，备好棺木，别无所求，只有侑食葬礼是他们人生的节日。积极总是一种理性状态，自我存在；而陕北山间那不积极的非理性状态，那没有自我的存在，不是更本质性的向死而生吗？不是更多承载了深重的人类苦难吗?

　　这本书收录的文章,写了很多我经历的陕北往事,我认识的陕北乡亲,我熟悉的陕北生活,我了解的陕北知青,也写了我心中的陕北体悟。所以,我看这本书,不但是文学,也有了历史的意义。

2022年3月

我们在山里落户插队

到椿树峁的第一晚，是个大雪的冬天。

大家挤在高婆姨家窑洞。高婆姨男人在外，是乡里公家人或出外做工人，记不确了。她家窑洞便多少宽净些个。

此刻窑洞里，队长、副队长，再两个闲人，都吸着烟管。有婆子婆姨，灶前忙着。一壁木头架子上，小小一只油碟。捻子上一粒火苗苗，吐得光芒微弱，想到是残灯如豆那样的话。可是灶口窜出来了细火舌子，蛇信子一样伸缩着，带给窑内光明。九个北京知青，被这光明温暖，照耀得红光满面。红光晃在九张带了些惊吓的脸上，红光里闪着九双忧心忡忡的眼睛。

下来的北京知青在小山村正式的第一餐晚饭，正在灶上锅里，是熬下的酸菜大肉。那是椿树峁欢迎新人落户，办下的接风大餐。山里人煮肉，撒的些盐粒，再放些酸菜缸里的酸汁浆水。知青们都几乎不吃，更因了心情完全没胃口。乡人们大是不解，好心劝道："大肉哎，好东西哦。不吃上些?平日再咋就能见到了?"彼此就议论说："这些，敢是不吃些肉?"陕北口语"这些"，是"他们""他们这些人"的缩语。

后来知道，小山村没有钱。肉是用发下来的知青安家费，村人专门去安塞集，走街上割来。煮下这一锅肉块子，带肥带皮，散的油香，一年盼不上一回的好吃食哟。难怪看"这些"竟是不吃，惊愕不已。在那个黑黑的夜晚，知青们肚里，揣的是刚从北京带出来的下水。

这便是椿树峁的第一晚。从北京大城市的中学走出来，我们步入了这深山。在那个难忘的夜晚，撞进一个完全陌生的世界，许多都留了深刻印象。印象都铁锈斑斑的五彩，印象都甚是奇特。

我而今清晰看着那个夜晚，看着那幅窑洞里，九个知青聚着，惊惶望着火光的画面。那画面，明暗对比，极是强烈。知青们向火的脸，光辉灿烂，背火的身形身影，周遭的物事，统没入黑暗，造出来绚烂舞台灯光的效果，可用来描画时代。想来该是窑里有烟气，空气中光线传导不畅所致。又想到这类画面，是伦勃朗最爱。名画《带金盔的人》，就这式子。人物隐于黑暗，只一个金盔，那是王冠，黄金璀璨。记得有文字，单说这伦大师手段，将"金盔的质地描绘得铮铮作响"，太是生动。

那晚，还留些作怪记忆，完全的另类。上山时候，手指扎刺，去讨针。众人问说："要针作甚了?"高婆姨炕上听了，放了怀里孩子，去衣襟上拔下根针来。这让女知青大惊讶，陕北婆姨们，衣襟上会插的有针! 妇人一手拿针，一副山里人热烘烘直心快肠："来，叫俄给你挑来。"人大剌剌趄过来，胸襟开张，奶子半袒，肉气逼人。我手指伸过去，犹豫了，又收回来。婆子婆姨见这尴尬，皆是大乐："这些，婆姨解下了?"认定道："敢个解不下。"后日山上地里，与村人熟络了。婆子们记着，嘻笑了上来耍问："谢侯，要婆姨了吧? 要婆姨解下作甚了?"

　　但是刚来的那些夜晚，穷山恶水洪荒原始人顾不上思前想后。当下第一件难熬，是身上起包。四个男知青，被安排到副队长郭凤强家，和他父亲老汉共睡土炕。大家身上都起了大包。想来该是土炕上多种叮咬，虱子跳蚤，或还有什么害人虫全无敌。后来搞明白，很大一部分包，是水土不服。水土不服的包，都是红肿大包，都连成大片。生出来奇痒，弄人焦躁，完全无法入睡。

　　拼命抓挠，是不顶事的。身上挠得出血，仍旧是个痒。现在不记当时，谁的发明，使用煤油灯的灯罩。那油灯灯罩极烫，我们拿了，去烫身上的包，竟可抑住瘙痒。这件事，甚是奇妙，不解是何缘故。这发现，竟使大家得些开心，竟有对付这奇痒的办法。每日晚上，几位年轻男士忙于炕上，用灯罩各自身上乱烫一气，把痒压住，才好躺平睡觉。

这个水土不服，每人都持续了很久。要到大半年之后吧，大包才不起了。想来是造物的仁爱，预先安排下了造化，令人的身体，可去调节了适应水土，能够接受水质土质里的毒物，终练成百毒不侵。

插队第一年，是每月由国家发粮。这就把人饿得结实，最是日子凄惶。粮食每月须到延安城粮店拉回来。四十五斤粮每人每月，都是玉米面，好像有两斤白面吧。几斤小米，有还是没有，都记不确了。记得确的，是这定量完全不够，要饿肚。讲给现代人听，怕是无人理解。

哎，男生最是可怜，总在受饿。这该是山上农活太苦重，吃少了不饱。也因年轻，大山给撑开了可怕的胃口。更因那是完全没油没肉的日子，每顿只有块酸酸的玉米饼子，再的甚也没有。地里没干两下，就饿开了。最是开春在山上，开荒掏地，人饿到发虚，手软得举不起老镢。那记忆真的恐怖。

山上农活，都要的力气，最出力气是背背子。因为山，因为几乎没有平路，不好肩挑，只好背背。肩上撂一根绳绳，绳绳上套个树枝弯的绳圈圈，陕北人就上山了。在山上地里，什么都是个背，也什么都能背回来。第一天去椿树峁，就学到了教育，看到知青们的箱子，是被乡人用绳背上山的。

那日，我立在后沟斜坡。进椿树峁的路上，缓缓从深深沟底，摇晃着上来两个巨大草垛，像爬上来了两棵树。

那是两个背子，也实在太大，我惊得张了嘴，望着。正刚来不久，人还鲜嫩，没见识过这番景象。

走近看清楚了。前面一个草背子，下面压着的是副队长郭凤强。后面的草背子小一点，背子下面露出一张汗津津的娃娃脸，是他的二儿子连明，大概九岁十岁吧。

父子两个，都绷紧了一样的拐子腿，两个的腰都弯得低低。因是爬山，有坡度，那脸直接贴到了地面上。人慢吞吞，一小步，站稳，挪脚。再一小步，站稳，再挪。这是两只蠕动的蜗牛，背上草垛是立起的蜗牛壳子。

郭凤强脖子在下面，头拼命朝上探着，探得老长，脖子挣得通红。想到古老坟墓前，百千年草丛里卧的石龟，龟背上驮着庄严的石碑，碑上镌着伟大的文字。那石龟的脖子，就是这么拼命朝上探着的。

我朝他喊："副队长，你背什么呐？"副队长便站稳，歪了头，朝上看，认出了我，说："噢，侯子呀，这个叫是个绵蓬。"

我问他："背它干什么呀？"副队长说："吃哩嘛。没粮没办法嘛。"

我问："怎么背起这么大一背呀？"副队长说："这草尔刻（现在）干哈咧。松松介，绑不紧。你看我背这一大背子，实不重。"

我看那草，都做干棵子状，蓬松大团，里面细的茎子，黄绿的干枯颜色，掺了淡红，不知都哪儿弄来。山里山洼存下的？我没去问，只惊讶那背子。

副队长窑前小院，铺一片背来的绵蓬棵子。郭凤强老父亲烂着红眼圈，跪坐地上，举根棍子打绵蓬茎子，胸腔里厚厚地呼噜着浓痰的声音，那应该是肺痨，也就是肺结核。茎叶子下面打出了一层黑草籽儿。绵蓬籽说是不能马上现吃，得泡，得晾干，再磨面面。

晚饭时候，副队长家窑洞烟道冒出了烟。我去他家窑，一家六口，都端上了碗。碗里黑乎乎汤水，是绵蓬籽的面面，加的什么干菜草叶，又掺些糠麸子，具体菜谱不清，熬成了稀糊糊。

副队长举了碗喝糊糊，幸福快乐，笑吟吟对我说："不管咋，人有吃上就好。"

副队长一家人都笑吟吟，跟了附和："人有吃上就好。"全家幸福快乐，喝着糊糊，举了碗。

"谢侯来，"副队长更盛情："喝一碗呗！"我笑了谢他："我饭吃过。你们喝好！"

副队长家磨绵蓬籽籽，是他家断粮了。唉，山里，最苦冬月到开春，地里没有青，家家作难的日子啊。

"人有吃上就好"，是副队长给我的话。这道理浅显深刻，是大山里哲人的言语。那句话的声音，叫我系于脑海，人一生得着受用。

这是第一次，看人背这么大的背子。这须整下好背子，铺绳甩绳捆绳勒绳紧绳，皆须高超功夫。整好，背子会轻；整不好，背子很重，还会散架。

我们到最后，也纷纷整得一手好背子，也可以将柴草整成巨大草垛。背起来，人也可以变成一棵摇晃的树。心里有一分得意，感觉广阔天地里，苗苗们正在茁壮成长，长成了副队长背着绵蓬摇晃的树。

插队到这时候，回看知青下来的那晚，就有了和乡人同样的襟怀，有了同样的不解。平日里饿肚，糠菜且吃不饱，对着一锅酸菜大肉，人怎可能没有吃的心思呢？想到老乡说肉，"平日再咋就能见到了？"

平日，若是要吃肉，除非走延安城。重要是还须有钱，才得机会。延安城里，有大桥食堂，有东关饭馆，有工农食堂，都卖着肉菜哩！且不要肉票不要油票。时"文革"渐退，掏钱人人得卖给，不论贫农不论地主不讲成分不看出身！肉菜么，总就是些过油肉红烧肉，一般四毛五毛。太贵，吃不起哟！能吃起的是肉粉汤，便宜，而今不记价钱了。问过克明，他说是两毛还是两毛五。不确，待考。

延安城那份肉粉汤，哎哟喂，中华美食！肉粉汤顾名思义，是汤。汤里有粉，粉是宽粉。陕北人将粉条简说成粉。汤里有一片肉，肥瘦带皮，不大，不厚，皮炸过，带燎泡。汤里有两个丸子，药丸大小，肉的，丸子炸过，带焦壳。呀，最是配知青那副干枯不见滴油的胃。嘿，那肉，那丸子，吃嘴里实在残忍！太香得过于！放现在，该入选《舌尖上的中国》。

有回一个人走到延安城，没钱买吃，却挡不住想念那肉粉汤。人被勾着，就进到大桥食堂。远远看看，闻不到香味。咽一下口水，又退了出来。往回走，怏怏不乐，至今记得。

田大跟我说，他们那儿好，能不用钱，凭得运气就吃到肉菜呢。田大老三届，北京47中的，兵团插队，在云南河口。

他们那儿，县委招待所在镇里街子上，除接待干部，还对外出售饭菜。田大说：干部招待所有肉菜卖，我们知青去，坐着。几人合买一盘便宜青菜，等着。看好旁边一桌，几个干部，桌上酒肉吃喝，吃一桌狼藉，起身走了。知青们立刻站起，过去把那桌上的剩菜端来，开始享用。"盘子里剩菜，都有油水。还能剩片儿肉，"田大说："开始我们还有人嫌，说吃人家吃过的不卫生。大家跟他说，你就想，刚才是你和干部一起吃来着，不就卫生了？"这逻辑思维，甚是正确。人这样逻辑了，便可望得缘吃肉。更可贵是，这号安然心态。

我对田大说，我们延安可没这好事。延安干部招待所，在政府院内，不对外。不记是否还有兵大门站着，反正我们都没进去过，蹭不到有油水的干部们剩的肉菜。

田大们心态，于人生极是有益。放今天，可心灵烧出鸡汤。又想起，还记忆深刻的这式心态，是那个和平门小吃铺，在那个北京的清晨。

那是后来离开陕北，各处许多辗转。多年后北京，冬天早上，总是干冷，风并且坚硬。我坐在和平门那个小吃铺，热腾腾，吃豆腐脑吃包子。

　　那天，门口走进来一个老头子，穿一件深蓝高领羽绒服。人干净，身上整齐。六十多岁吧，应该是个老三届，我的同时代人，感觉像是个插队回城的。病退还是困退，就不知道了。至今我没弄明白，我为什么不好好吃我的包子，偏去看他。许是这年头，一见同龄人，容易同病相怜。

　　见他去到台前，打问吃食的价钱。不问包子油条，问粥问馄饨。京味儿很重，应该小民百姓，断不会八旗二代。八旗二代操的都大院京普，若赶着去玩两句京腔，都后学。一听，就不是胡同的，不地道。

　　"您这馄饨，多儿钱一碗那？"他问。"两块。"

　　"粥那，粥多儿钱？都什么粥那您这儿？""邹都似一块五，紫米邹小米邹南瓜邹。"回答他的是南方普通话，把"粥"说成"邹"，"是"要说成"似"的。

　　"得，您给来碗紫米粥！"

　　他端了粥，站那儿，四处张望，看半天。空着的桌不去，最后坐我旁边的桌。那张桌正堆满，是什么人吃完的碗筷和笼屉，还没有收拾。

　　他在那桌上扒出一小块地儿，放他的粥。又脱掉羽绒服，叠一下，仔细旁边放好。里面穿一件淡咖啡鸡心领毛衣，挺体面的那种，质量应该不错。他从容坐下，欠身端碗，热热喝一口粥。再仰一仰，坐端，往个小碟里倒醋。而后跷起来二郎腿，捉筷子的手向前伸，勾住一个笼屉，拉到跟前。我这才看见，笼屉里有别人吃剩的三个包子。他夹起一个，小碟里欣然蘸过，惬意地丢到嘴里。目微合，大嚼，表情愉悦，表示包子味道令他满意。这仨包子，上天眷恋，等在那里，是特地给他留的。他正在享用，这享用滋润。

我感动了。想到他要紫米粥，粥比馄饨便宜五毛。想着他找桌子，是找人家的剩包子。他的经济状况一定不太好，但这人，葆着这样的一种快乐！让我折服。人能活成这般心态洒脱！

"这个人，"而今我还在想他："厉害！有这内心是高人。"是啊，我们曾大山落户插队。你若在那片山里走过，会懂这人，会认识这式儿的心态。但我知道我不能比。若陷什么悲苦境遇，怕是要动情，到不了这种超然和淡定。

那人，不知所踪。后来小吃铺里，再没见到他，大概不住这一片儿。很想跟他认识，做个朋友。

我的黄土高原

南山顶地头上圪蹴（gē jiu，蹲）了一洼汉子。已经生（歇）了好一大阵儿了，谁也不愿往起站。周遭散躺着吃烟的汉们。看得见烟锅里一红一亮的火星。没人拉话。只听到四周秋虫"啾啾"地叫。头顶上满是星星，密密麻麻，夜空里银烂成一片。夜风凉凉地吹过来。真舒服！

这是麦收季节。白天，全村老少都在割麦，叫毒毒的大太阳暴晒了一整天。割下的麦子并不背，四把一捆，堆在山上各处。单等晚上凉些，男人下夜工，上山把麦子背到山顶场上。

吃罢晚饭，听队长满庄子死声吼叫。男人们从各个土窑洞里钻出来，肩上搦了背绳垫背，慢慢向山上摇。山路上一溜无声的人形，黑黢黢的。高高矮矮，觉着像一道移动着的残墙。

此刻地头，队长把口烟抽完，将个烂鞋翻转，把个烟锅在鞋底子上磕。临完，向再的（其他人）发话，说教道："唉，谁怨咱嫁个大毬汉来。今夜不捱这一下，得过去啦？"这番话道理透彻哲理深刻，叫我犹记至今。队长边说，抓了地上的背绳垫背，顾自爬起身来。他将沟子（屁股）掉转，谁也不看，弓着背向地里走。听到他的呐喊："则都拉起站（都站起来）！噢——动弹咧！""噢——"拉着尾音，"动弹咧"三个字短促，因而有力。

地上的这一摊受苦汉，白天割麦，把人熬结实了。现在又跟了这呐喊，那是人命数里的召唤，挣扎着爬起身，悄悄价往上面走。

陕北都是山，不用担，全靠背。上山一条背绳，当间套个木头绳圈。把谷子麦子糜子柴棍烂草，什么都往回背。整背子有讲究。整好了，背得多，行走不吃力。整不好，背子会很重，走得很累，甚至散了背子。我那时插队已经一年多了，活计会了不少，整得一手好背子。

人群散到山梁，各自分开，向地里撂各处的麦捆蹦去。简华和我，还几个后生，那阵儿心气儿高，奔远处的麦捆跑。我跳到深深的底洼。那儿土湿，麦子壮，杆儿都是绿色。整起来好大一背，死沉。我直背靠着麦捆，放垫背垫住，将左右肩勒到绳里，两手拉紧绳头。脚抵住地，身子反弓，狠命猛地向前一撅，喝声"起！"脸憋红，脖子青筋暴跳，背子起来了，就觉腿肚子打颤。忙垫两步，死死站稳。忽然想到压在人民头上三座大山，大概也得这么死沉。我吐口气，小心稳了腿脚，低低地弯着腰，蹚实了麦地的松土，不叫滑了步子，吃力地往山顶上的小路上摇。

小路上的土是硬土，脚地可以踏死。一上小路，人心便踏实。我站定了，人弯低了身，驮稳背子，手挣出来推正眼镜。拽开步子，竟小跑起来。跑到了山顶场上，大家还都没到，只上来三两个精壮后生子。我们撂了背子，在场地上摊着，歇了等。要大家差不多到齐，再起身去背第二趟。那会儿年轻啊，舍得气力。挣一回小命，去换着歇老半天。所以我甚至有几分喜欢背背子这活计。

我不喜欢的活儿是掏地。就是拿了老镢头砍土翻土，文明话叫作"开荒"。那是第一年，我们刚下来，粮食不够吃，赶上的活计就是掏地。我第一次见识到饿的滋味，所以对它印象很坏。

掏地是在刚开春，我还在椿树峁。青没下来，是山里人最苦的时候。没有野菜瓜豆补充粮食不足，只好硬撑。我们那时每天都饿，知青灶上一人一块发酵玉米馍，两口就进了肚，跟没吃似的。我们去掏地，没干半晌，肚子就饿塌了。到后来，人饿得要瘫了的感觉。胳膊软绵绵的，没有一点儿力气。每次举老镢，都得拼了命，才举得半高。肚子哆嗦，腿也哆嗦，一跳一跳的。捱到收工的时候，脚像踩了棉花。拖着老镢，感到走不到家了，就在路边坐下来喘。

椿树峁副队长刚从榆林地落户到延安，家里穷得再啥没有，开春时到了断顿光景。每天天不亮他呐喊人上工。掘地时一下不歇，镢举得老高，吃劲砍土。揎得我们鸡飞狗跳，不停地干，熬得要死要活，有时我甚至生出几分怨恨。每次中午打火烤干粮，他都走开，说是去拾揽些柴来。他是根本没有干粮吃啊！唉，佩服！天生就个陕北受苦汉，一辈子真能死受。我是后来才发现这事儿。那是青上来了，晚上去他家，全家黑着灯，坐院儿里喝菜汤。"这阵儿，可好活下咧，"他笑嘻嘻地："掘地那阵儿啥，中午什么没有价，满没个吃上咧。"我惊骇："啊?!"他坦然："再你咋介?"他挺满足："管毬什么，有口吃上的就好，ao！"ao是去声。用在这里，相当于"是吧?"有央人附和同意的意思。

这一片穷山庄子，公社年年都要配给救济粮。钱是没有的，救济粮不够人往饱吃。家家常年都得掺麸糠搭野菜过日子，不敢吃"净粮食"（纯粮食，不掺麸糠）。过了开春，好多了，青下来了。夏季里，家家碗里整天都是菜。种的青菜，挖的野菜，搂的绿叶，煮的草根。屎拉出来也与别处不同，不是黄的，竟是盈盈碧绿。站起来回头一看，地上像堆了一团成色极高的翡翠。很干净，没有脏的感觉。我从来没见过这么美丽的屎。

夏天，队长带了人，整天山上就是个锄地。山太多，全都撒过一遍种子，根本锄不过来。许多山地队里就种卫生田。

没有肥，就不上肥。没有水，就不浇水。锄不过来，就不锄。人们心平气和，逆来顺受。等老天看着给口儿收成。要是旱到土地龟裂，就求上些雨。要是雨不来，胡捣着再求求看。不灵，也就没法。求雨偷着求，不敢叫公社干部和知青们知道。

秋季里，我们去割谷子。谷子稀稀拉拉，东一棵西一棵，相隔的一米，垂头丧气地站着。我抓了谷子的弯脖儿，镰刀下垂，贴着杆儿，往上一提，将谷子割下来。然后向旁边跨一大步，找第二颗谷子。一大块山地，也就割出个几堆谷背背。我看了队长，说："今年谷子怎么这不好？"队长眯了个眼："你没见旱的，没雨，不长毬。"我说："那粮要不够了。"队长笑笑："嗨，粮不够，饿肚么。受苦人，咋都是个受来。"

记得有一年看到队里的荞麦地。荞麦细得像头发丝儿，杆儿比小手指还短。长得密，把成片儿的山染成红色。大家站到地头，看那荞麦。队长掐了根荞麦，看了说："唉，它狗日的。一点颗子没有价。撂光光价。"我问："这荞麦收不成了吧？"张怀富裂开没牙的嘴："嗨，收不成，撂毬啦。"张文成老汉心痛说："好荞麦种子来了。"队长点头，说："是个撂。"看了我，笑着说："侯子哎！荞麦饸饹荞麦馍，则是吃不上咧。嚓了吧？"其他人都附和："是个撂。"没再的话。收工路上，我不甘心，又说荞麦："多可惜呀。"大家就寻些道理："没雨水来咧。""没肥么。""一遍没锄么。"我开始说："那么一大山，好多石粮食哎。当初咱们要是……"大家都笑:"老天不叫给吃么。不撂咋介?"这人生,道理直白浅显。老天不叫给,再能咋介?娃,得认下,这是命唉。

公社下来干部,讲给队里说:要大干,要改变面貌哩。队里听话答应。宣布成立个基建队,安排上些老汉婆姨女子弱劳力,再打发上知青,叫去修梯田,去打坝。干部来了好检查。

椿树峁的早上,我和郭大爷几个扛个锨,被派去修梯田。那梯田弯弯绕绕,已经修了一架山了。平展展的面,梆的光光的墙,好看。来人检查很受看,壮观。我们刮浮土,挖生土,梆墙面,忙累一老气。歇下的时候,老汉挠起个烟锅子,一口烟抽美气了,就跟我胡说开了:"唉,干部们瞎毬乱咧。生土挖出来,长个毬。"我说:"呃?不是把浮土刮开又盖上去了吗?"老汉说:"那土能有个根底?"用烟锅指了旁边修好的梯田:"那田你没看?庄稼就不长。原先那山还收两石颗子来咧,尔刻(现在)一颗也没有价。"我惊讶:"那不长庄稼,修它干啥?"老汉不急不恼:"人家叫修,则修。"其他几个,吃着烟,也都不急不恼,附和着说:"不修,上面cěng呀。""cěng"是陕北特有的词儿,含了"整人,惩罚人"的意思。我着急了,说:"那我们不白干了吗?把地也给闹坏了。"郭老汉收拾着烟锅,一满没个脾气:"闹坏闹坏么。"他爬起来,招呼大家干活:"哎,则再扎舞个一阵儿价,好回!"

左起：史简华、王振韩、谢候之、李富贵

修梯田伤土皮，庄稼不长，大家不喜欢，可照样修。跟修梯田不同，打坝大家喜欢。山沟沟出口处，打上个土坝。一层一层用土夯实，闸住沟口，这就是坝。雨水下来时，山水带了泥土裹着柴草粪沫顺山沟冲下来，被这坝挡住，淤在那里。水渗干了，就成了坝地。这坝地好哎，有水分，有肥粪。庄稼一满好长！有年我们去椿树峁的一个坝地收秋，那儿种的糜子，长有一人半高！汉子婆姨老汉老婆儿，都扑上去割糜子，欢跳喊叫，真快乐呀。郭大爷抱着一大捆糜子，眉眼笑得歪了："都叫像这号地就好咧，大人娃娃一年都敢吃饱！"

而今，我还记着郭大爷那张汗津津的脸，在大太阳下放了光，笑得油亮。唉，庄户人难得个吃饱。遇上了这好的庄稼，人生的欢乐叫人心感动。"大人娃娃都敢吃饱！"这该是个咋美的梦哟！

这块古老的黄土高原！那山梁，那沟水。庄稼不易长，长人。那苦的日子，婆姨们却鲜活，好生养，庄里撂一脚地爬的耍的猴娃碎娃。一茬人苦受够了，一茬人又生出来，滔滔不绝。当年的那一群知青，头一次见到这陕北，见到这苦情的日子，才知道还有这遭罪的人生。真正让知青震撼的，是这群躯壳中候着的魂灵，这是钉在这黄土峁子上的魂儿。再咋的苦情，咋的遭罪，都平静着，麻木着，并无嚎叫不甘，认下，受下，顺了死生，随了命定。你暗中感受到那种承受苦难的能量，那能量极其巨大，无底得叫我恐惧。

早上很早很早，我随了这群受苦人起身上山。天还黑黑的呢，小路在黑暗中隐隐显出来形状，弯弯曲曲，伸向山顶。

上到山顶，天光亮开来。看山都矮下了。天空这时显出广大，淡淡价透出粉彩。而后，哗地一响，一霎那，红光劲射。天地唱响了颂歌。无数的黄土山包，都光秃秃价，像无数浑圆的和尚光头，被红光抚摸，全都红亮起来。

这一刻，我立在山顶，脸上也映了红亮。这是大自然的庄严法会。群山在天地间顶礼膜拜，眼睛里那一片辉煌的红霞，是回荡千年的长号，吹响的是对死生苦难的礼赞。噢！我的黄土高原！

曾经的土地

还是半夜时分，到处黑黑的。三星大概就快要落了吧。

一道村儿响起死声（用尽全力）的呐喊："喔——，——，起身咧！喔——，起身！"嗓音高尖，带的女腔。狗随了四处叫起来。这是椿树峁副队长郭凤强。夜过大半，他幽灵似地，每天黑黑就起。在各家脑畔（窑洞顶）上游走，吼叫出早工："喔——，——，快起身！喔——，则拉起走咧！"喊叫起首的"喔"字是长的拖腔，拖到喘不过气，才吼出后面几字。因为快断气了，所以后面几字极为短促。黑夜，声腔凄厉。想到是百千年萨满的巫，在长夜中呼唤奉献。

喊叫快要响起时，我会醒来。我躺着，揪心等着。叫声乍一响起，人抖一下，心惊肉跳。我们那时年轻，也就十七八岁，正是贪觉年纪。这半夜的起早，真难死了呢！四个男生躺炕上，困得不肯醒。被窝里多暖和，大家谁都不动。这时听到副队长下到窑门前，"梆梆梆"敲那门。一边听他喊，依次点名："哦快起些快起些！谢侯！快起。宝平！快起。郑治光隋国立！快起快起。则上工起身走吨！"

人怎么穿起来的，怎么走出来的，都稀里糊涂。外面影影绰绰，感觉是聚起来一小撮人。人们没有醒透，没听见有拉话。副队长顾自头前走了，后面人跟了。一撮人行在那峁子上，裹住夜色，一道道墚墚悄声走。黑麻咕咚的山路，弯绕着，地上显个白印印。我揣着手，任肩上挂着把老镢头，闭了眼睛，身子跟着走，人留在梦里边。

走过许多峁，下到大沟。沟里阴森着，刮起早春料峭的风，冷透到皮肤上。山沟阴影里，周遭的黑色变得浓密，小路看不见了。腿脚在机械走动，跟了前面的背影，人还是没有清醒。

下到沟底，站到梢坡。大家散开成一排，面对了黄土，开始一天的劳作——掏地（挖地）。这掏地，就是公家说的开荒。一排人，将老镢齐齐高举，砍土，翻起。一排人齐齐横走一步，再砍，再翻。砍到地头，一排人齐齐上一步，反向横走，再一步一砍。动作简单。重复着砍，砍到天黑，砍到太阳落下，砍到又看不见小路。

老镢举起来时候，人醒了。我一下一下砍土，砍得四下一点一点亮起。人正从黑暗中走出，景物渐渐看着明朗。忽然心动，抬头看去，极高的山峁子顶上，亮起来一抹金红，像放开一朵欢乐的烟火，霎那间山谷中光彩荡漾。太阳出来了，我真高兴，送早饭的就要到了。

山里规矩，受苦的出早工。天不亮上山，饿肚干到太阳出来。有揽羊的等在村里，收了各家婆姨送的饭罐罐，担上山送饭去。这饭，是种稀稠之间的小米粘饭，"粘"在方言中读"然"，然的意思是粘稠。罐罐上盖个小碟碟，放上些腌酸蔓菁丝丝，是助饭好菜。

我们都盼那罐早饭。人干了一早上，饿得不行。揽羊的担担在高山峁峁上出现时，披的一身红霞，那是天使的形象。看他下到沟底，看人帮他卸下饭罐，早饭来了，可以歇息吃早饭了。受苦的散坐地上，各自捧自家饭罐，吃声嘹亮。烫烫的小米然饭，再些酸咸的丝丝，是无比的美食。吃得肚内暖暖，有了举老镬的力气。

但是小米然饭不顶时候。掏地没掏到中午，人就饿了。掏地这活儿苦重，很容易就饿。跟了一排受苦人，一下一下不歇地砍土，到后来，饿到无力。没有人拉话，都在悄声砍土，煎熬这肚饿。再到后来，人饿得发虚，举不起老镬头来了。看日头早已过了午，想着这副队长，自己不在乎，别人可要饿死了。还不叫歇下，叫人吃饭，可恶。

人饿得凶狠，容易胡想。想吃的东西，想吃过的好东西。满脑子烧肘子烧鸡烧蹄子。想到和祖父去绒线胡同*吃樟茶鸭

---

*绒线胡同：北京四川饭店所在地。20世纪五六十年代对四川饭店的代称。

子，去同和居吃葱烧海参；想到和父亲去同春园吃松鼠鳜鱼，去萃华楼吃干炸丸子；想到淮扬馆子的狮子头，想到河南馆子的瓦块鱼。吃的记忆如此锋利，切割人的神经。这一生中，从来没有在山上，想吃想得那么刻骨，把味道记忆咀嚼得那么精致。

这时候副队长在吩咐马三儿："去，给咱拾揽柴来。"那马三儿是个猴后生，听这话，立刻扔了老镢头，跑了。大家都饿，都回头看他。过一刻，见他弄来些柴草细枝，堆地上。用个火镰去燃绒草，又屁股撅了，用嘴去吹。见白烟冒出来，副队长便叫说："则停下歇息，都吃饭来。"

大家扔了老镢头，去围火边坐定。各自怀里掏干粮。知青们掏出的是玉米发面圆饼子，一人有一块。做饭的知青不会用碱，饼子酵得发酸。这是净粮食，掏出来，金黄灿灿。老乡全都羡慕地看着赞着："唉，好东西呀！吃净粮食了！"老乡掏出的是掺了麸糠的饼子，疙里疙瘩，很粗。各自饼子竖火前，寻根细树枝枝后面支住，立那里受火。烤一阵黄了，换一面再烤。焦香味儿一飘起来，人人迫不及待。这块干粮，没菜没油盐，吃得香甜，赛过所有饭馆的吃食。男生一块饼子没吃似的就下了肚。

副队长不在火边，我们顾吃饼子，没人去注意他。大家吃停当，队长老吕挠了烟锅点起了旱烟，看副队长夹了一抱柴草，走到火边来了，说是："嘿，揽些个柴棍棍，回去好烧火。"我记有次问他："副队长，咋不来烤？你干粮呢？"副队长笑笑："干粮吃过咧。"

我后来才知道，他就没干粮吃！他家刚从榆林地落户到椿树峁。家里穷，没开春就断顿了。中午打火烤干粮，他根本就没吃的，大家吃饭他躲一边去拾柴。我们是后来青下来，他家有了野菜吃食，才给告诉的这事。这把我震到惊骇。有吃食，我们还无法支撑，饿到手腿瘫软。这副队长！一整天都在挨饿，催人天黑黑就上工，不叫歇息，直掏地再到天黑。这人物，佩服！想象不来这是什么命相，人怎么可能撑过来呢？

副队长人不高，略佝偻。两条弯圈的拐子腿，是大山留的印迹。长脸，钩鼻，嘴角眼角许多刀刻的皱纹。陕北人许多都长脸，直挺带钩的鼻子，异于中原人。怀疑是入汉的匈奴契丹。副队长鼻尖上总挂一滴清涕，有亮，欲滴。怀疑他有鼻窦炎什么的。有天，几个男生跟他走路上。听他鼻孔一响，白光一道，鼻中激射而出。打地上，噗的一声，有响。看去，入土三分，一坨黄白，极有力道。我叫起来："呃？"他不用手指，鼻子自闭一孔，将鼻涕擤出。男生们都兴奋，大佩服。凡夫不可小觑。忽然露的手段，分明剑客功夫。我们回去纷纷练习鼻孔自闭，不成功。每人将鼻涕擤得一脸。

谷雨时节，我和副队长一起去羊圈捣粪。副队长拿的老镢头，从上向下，斜了一挥，打碎土粪疙瘩。屁股扭拐，垫上一步，人扭回来，再斜抢了镢，再挥。一下一下，动作古

24

奇古怪，像在舞蹈。我挥着镢，也学着扭了屁股，跟着打粪土块。多年后在德国看录像，有回看到印第安人跳巫。人弓身，围火绕圈。两手垂着虚着，斜挥一下，屁股扭拐，垫上一步，再斜挥，再扭。这舞蹈熟悉，想起来，这是副队长动作。让人一下错愕。想那鞑子地的杂胡北羌，想那北美的印第安，万千年两处基因留的是暗示么？他们远古同宗么？

羊圈里那粪是土粪。羊圈先垫的土。放羊进去，羊子踩上面，把屎把尿。把了屎尿的湿土复被羊子踩实，结成硬硬一块。再撒土，再把屎尿，再踩实成硬地。起圈时，老镢刨起土块，打碎，捣成粪土末末。陕北黄土山，土瘠薄，缺肥力。这粪土是好肥。

陕北种地，肥不施土里，这太过奢侈。粪土里要拌上种子。耱地的吆牛扶犁，划开犁沟。后跟个拿粪的，用簸斗装了籽种拌的粪土，走一步抓一把，将籽种连粪土丢进犁沟，好叫籽种与粪土掺一处。

在那片大山上，我们学了做各种农活。我干过吆牛耱地，扶犁的手须要吃住犁，贴住上一条犁沟，不叫耱下空地。干过拿粪，两手的粪土，在裤上擦过，伸手抓干粮烤吃。干的最重的活却是人扛粪送到地里。

中午，正要去上山锄地。见队长老吕来，说："嘿，要攘粪（扛粪）呢，作下的儿活。"这句意思是"摊的这遭罪的活儿"。他看了我说："谢侯我看能成，敢去了么？"四个男知青，我个子高了点儿，工分给八分，其他男生七分半。我说："敢了么，咋?"吕队长笑笑："唉，苦科重咧。试一下来，看能干罢，"就对其他知青说："再的跟婆姨们锄地走。"科就是"可"，读成平声，是表示"极端非常"的意思。

队长老吕，副队长郭，会计刘学文，郭四儿，这是椿树峁全部的正式劳力，加上我，每人肩一条羊毛粗麻袋，往山上走，去攘粪。山上地边边，土粪已经堆起，是用驴驮来的。山上耕地里，隔多远见刮个土场子。爱惜那驴，人去替代驴马，把粪扛到各个场子。"椿树峁就两头驴，指着磨磨驮水。驴地里走不成，伤了腿，全村就嚎下咧，"老吕给我解释。

在地边边，我们将土粪装进羊毛麻袋。麻袋瘦长，条状，铁水桶粗细，高及人肩，装粮食装粪都是这个羊毛袋。粪装满后麻袋扎紧，队长对我说："先试一下来，不成就算毬。"又对旁人说："都帮着给看下。"众人都围着，帮忙。那羊毛袋竖着，我遵说教，侧弯身，将后颈子抵住麻袋中央，右手抓住麻袋口子，使劲往下一搬。有人帮托起麻袋底，有人护了我的腰，一下子麻袋横架在颈子上了。沉得要命! 像个横架的椽子。我两腿一弯，就要跪倒。副队长赶紧说："则站住，用手抵住腰了。"我撒开抓麻袋的手，双手死撑住后腰，站直立了，麻袋横稳在颈子上。大家都叫"邦紧!"邦紧是"好样的"，夸赞的意思。

老吕指了山上最近的一个场子，对我说："走那个场子噢。

慢慢价走，操小心，"又追了来说："不成麻袋撂下，操心蹉（滚，读四声）下山去。"听到副队长说："操心地里哈会（田鼠）洞，踩下去人就蹉了。"我撑住后腰，挺直，走进耕地里。地里是虚土，身子太重，踏一步，脚陷下去。我小心换另只脚，又陷。人往下滑，腿抖，额头渗出汗来。我下力绷住腿，小心拔脚，一步陷一步，慢慢向上走，十分艰难。

像是捱了一个世纪，终于撑到场子上。我一下把麻袋撂地上，人瘫坐麻袋旁，腿脚不停在抖。随手抓把黄土，心里想到的词儿是："玩儿命。"回头去看，山上已经散开了四个一横一竖的人形，慢慢走向高处的四个场子。那些个场子，比我的要远许多，走上去的路要艰难得多。他们每个人都用手撑着后腰。想着这粪实际是土，太重了，不用手撑，腰根本直不起。这四人，都不强壮啊，椿树岕就没有强壮人哟。副队长拐子腿，郭四儿一米六几，看着他们扛这粪土，看着他们扛这生活，难啊。

多少年后，我仍记着山上四个人形。那一横一竖，暗含下了象征，是个十字的符号呢。那一竖，上短下长，这是拉丁十字。唉，这幅印象至深的画面，四个拉丁十字架，在山上缓缓移动。多少年来，心中的意象怪异。烈日下晒得发白的土地，无垠的瘦骨嶙峋的土地，四个十字架，缓缓走向各各他地。像是一幅达利超现实的画儿。我在心中干裂，生出来对复活与重生的渴望。

我后来离开了椿树峁，离开了万庄。四十年了，再没有回来过。椿树峁，这个大山上九户人家的小村儿，是忘不掉的记忆。那段曾经的岁月，那块曾经的土地。不知为什么，心中总泛起无名的悲伤。

2011年夏天时候，和砚华两地频繁email，商定回延安。我从柏林去，他从纽约来，我们在北京取齐。在万庄，我打问椿树峁，才知道小村荒废了。那片山上的荒野没有人烟，已经许多年。我打问椿树峁人，人多已殁去。队长老吕殁了，副队长郭凤强殁了，郭四儿殁了。时间不动声色，轻易抹去了一茬人。

傍晚我上了山，去寻找椿树峁。荒野无人的椿树峁，只留下两孔残窑。草木瑟瑟，孤独着有一只碾子，黄昏里向我诉说旧日。过去四十年了，这旧物犹存，而那个时候的我们已经不复存在，消失得没了影子。

寂静无语的晚风中，我站在知青窑的脑畔上。脑畔很高，下到窑院的路，长满密密的枣棵荆条，带了尖长的大刺，封住去路，我下不到窑洞小院里了。探头看到下面，黑洞洞两孔没了门窗的土窑，是我们当年住过的地方。在这里，我们听副队长出早工的呐喊。呐喊悠长飘荡了千年。眼前浮起插队岁月，觉着轻烟缥缈，像一个荒诞不经的梦。

图右为椿树峁知青女生窑洞，已颓塌。摄于2011年。

延安的小雨

我老是想起延安万庄。

那个黄土山沟里贫穷的小村儿，是我年轻时插队的地方。

我记忆里固执地留有它一个画面，那是它给我永久的印象——春天，湿湿的，下着小雨的小山村。

那时我正从山顶的小路往下走，小村儿就在脚下边。小路很滑，我得小心。虽然是白天，但天空黑黑，四面暗暗。雨下得飘渺，若有若无地成了雾气，裹了一身。这润润的雨，润润的风，沾衣欲湿，吹面不寒。小雨里的空气清清凉凉，吸进鼻子，一下子清新就钻到肺里，舒服极了。

先看到小村边，凹上一树白的花，一树粉红的花，在四周的昏暗中，红白的颜色嫩得鲜翠欲滴，耀人晃眼。我不知那是什么花树（以前怎么没有看见过），树干树枝都淋得湿透，被雪白的花一衬（是梨花吗），枝干格外的黑，像墨色。

这树是画出来的。谁用了浓墨湿墨，勾了这粗细枝条，线条疏落苍劲。又饱蘸重彩，染了这大团大团的花，花色肥浓。树旁是一孔颓塌的土窑，几根窗棱，没有门板，没有窗纸。那时我想，国画就是因为了这种景致，给悟出来的。

那是我第一次惊讶极了的印象，没想到这贫穷的小山村会有这么漂亮。

是因了小雨的缘故吗?

山里人日出而作，日入而息，不计钟点，不分寒暑。我们也天天随了农人到山上干活。在这个农人世界，没有周末，也没有节假。但一下小雨，山上路滑，队里就不出工了，我们便可以待在窑洞里歇下了。小雨天是我们的假日，我们的周末，山里的小雨让人快乐。

小雨时四周潮乎乎的，地里就长出一种菌类，无根无茎，东一簇西一簇，黑黑的，老乡叫它"地软儿"。样子有点儿像木耳，但它不是长在木头上，而是长在土里，我觉得应该叫它"土耳"才对。总有贫穷家的婆姨女子不歇息，冒了雨到地里去掏苦菜。晚间在村口路上，会碰上个地里掏苦菜回来的婆姨女子，往你手里塞上一把地软儿，说："叫拿上吃去。"

拌地软儿，那是好菜，放些酸菜缸里的酸浆汁水，很下饭。如果能加上点儿辣子，那就更开胃了。

地里还长一种细细的小葱，野生的，葱叶绿绿的，葱茎白白的，有辛香，很好吃。娃娃女子们都帮我们在地里找。

还有一种鬼子姜，黄黄的块茎，喜欢潮湿，生命力很强，不用人管，自己长。一挖一长串，洗净了，丢到酸菜缸里。要吃就伸了手到酸菜水里去捞。捞出来的鬼子姜脆脆的酸酸的，很爽口。

做饭时，雨打湿了柴垛，燃不起火，窑洞里满是烟。白浓的烟里带了水汽的味道。用湿木柴燃起来的烟的气味会使我兴奋，闻到湿湿的烟味儿，我知道快要开饭了，肚子里有一种急切的愉悦。

下雨时天暗下来了。土窑洞没有窗子，黑得很。我们就都挤坐在门口，把门开着，借了外面雨雾的光亮看书。

冬天下雪时也没有活儿，我们同样坐在窑门口，把门开了看书。窑里没有火，太冷了。大家就把所有能穿的，大衣毛衣绒衣甚至毯子被子，都裹上身，包成一个大包，挤坐在门坎看书。翻篇儿的时候得把手伸出来，看得久了，老得翻篇儿，把手指冻出淡红，得把手放到嘴上呵气。

下小雨的时候四周非常静，适合看书，是一种高级图书馆的环境。我们坐在那里，可以长时间静静地读，是润物细无声的享受，感觉好极了。安静的雨中能听到高高山顶，有拦羊的（放羊人）在呐喊，很清晰很响亮。呐喊声很特别："嘿——起啾"，"嘿"字声儿拉得很长，"起啾"两字非常短促。

那时弄到点儿书不容易，大家找到什么看什么。中国的外国的，古的今的，文艺政治科技哲学艺术，什么都看，饥不择食。书都是地下流传，几个村儿之间知青搞到书互相通报交换。

好书留在记忆里的印象格外深。有一回我搞到了一本《热爱生命》，杰克·伦敦的。小本简装，四角毛了边。我把它一口气读完，被感动了。这时老褚来了，我要他坐下，强把《热爱生命》给他从头大声朗读到尾。老褚是来支延的北京干部，原来是北京实验二小的校长，一个高尚的文化人。他静静坐在炕沿上听我的激情朗读，静静听我傻乎乎地发议论说感想，笑眯眯看着这后生，并不打断。在那个禁书的年代，老褚是我遇到的年轻人的最好知音。我想念老褚，也想念那个愉快的下午。

我们就是那时在窑洞里，遇见莱蒙托夫、雨果、巴尔扎克什么的一堆腕儿。读到过《浮士德》《红与黑》《当代英雄》一堆书，那时全部都是毒草。我们那里居然还流传过一批争议书。苏联的《你到底要什么》《州委书记》《叶尔绍夫兄弟》、禁书《苦果》（里面有王蒙的《组织部来的年轻人》）。记得还传了本《美国农业考察记》，苏联农业代表团写的，他们去美国看农业。不知谁家高干，弄来了这本"邪书"，让我们见到了美国现代农业。里面大批实例，普遍现象是：一普通农户，丈夫老婆儿子三人，不雇人，全套大机械。百公顷土地，不种粮食只种饲料，苜蓿或青玉米。种饲料是给牛给火鸡。养千头肉牛奶牛万只火鸡，挤奶自动化，奶品公司来收。按成份划分，这是自耕农啊，自耕农比陕北地主不知富了多少。头一次得这知识，把大家给看傻了，觉得人生最惨是跑陕北来当地主。这书内部读物，只给高层干部，禁止对外。有些书不知是谁偷拿图书馆的，书上有公家章子。反正不管什么书，都受欢迎，都在传。大山深处，读书活动很火。

要不然就唱歌，大家全体一块儿吼，有时还锯小提琴。那是窑洞里的卡拉OK。

我们那时藏有一本《外国名歌200首》，小本简装。我们拿着那本书，一首一首地看着谱子唱，从里面找好听的歌，像是在淘宝。

我们唱《重归苏莲托》，唱《星星索》，唱《阿芒的咏叹调》，最喜欢的是俄国民歌。俄国民歌总结束在低音"拉"上，那样音色弄得悲凉，让人想象到的画面是落日的黄昏，孤独的秋水，无人的荒野。它的《茫茫大草原》，它的《伏尔加纤夫》，它的《三套车》，带着俄罗斯民族深厚的忧伤，滋养了一代插青。这民族也多难，苦情不少。那时候看高尔基的书，感到那儿怎么坏人那么多，真是糟糕。忧郁的调子挺适合知青。尤其冬月，茫茫一片白雪秃山，千山鸟飞绝，万径人踪灭，见不到一个能动的东西。荒凉得像是给抛到了天涯的外面，于是悲从中来，"茫茫大草原，路途多遥远"的歌声油然而起，发自心底，酸酸的，非常过瘾。

有一次在公社开知青会，晚上听到隔壁窑里两个高中女生唱《小路》。她们唱二部和声，低音女生声音挺宽挺厚，衬得高音很轻很柔。高音干净地浮出来，飘在低音上头。两个人合得好极了，把我们一堆初中男生听傻了。在那个静静的月光之夜，那是天使们的重唱。后来我们回去大唱《小路》，而且唱二部，当然没人家唱得好。最后连我们村的生产小队长，那个喜欢新潮的陕北后生，晃荡着挑了水桶到井沟打水，嘴里大声唱的竟是"一条小路曲曲弯弯细又长"。那两位女生合唱《小路》，后来又听过，却没有那夜听的感觉那么好了，这是奇怪事情。人感官生的感受，带的有环境因素。

　　我们窑有好几把提琴，大家都不会拉。只能拉开塞，而且永远是第一句："米馒米斗，西来西叟。"我当时有把琴，是家中被抄，劫后的幸存物。那琴很是可疑，背板整板，不见中拼线。虎皮横纹，掐边，乌木指扳，箱底看不到商标符号。具备了名琴的一切特征，就是不具备名琴的音色，声音哑的像个老巫婆。有人说得找高人调一下音柱，才能重现它的音色，但我们大家都不会。它的弓子是最沉的，大家都争着用，而把琴丢在一边。那琴后来怎么没影儿的，已经记不得了。大体人的福薄，承受不起。家里早年间的好东西跟我没缘分，跟着跟着就都跟丢了。

　　我在最不容易找到书的年代，读了一生中读的大部分闲书杂书，那些书大多都是在那细润的小雨中读完的。

　　后来一遇到下小雨，我就起来一种小雨的心境，想要看书。

　　多少年过去了，我仍然时时回忆起山里的那段日子，想念起那段日子里的小雨。

冬　月

冬月，山里很冷。天阴了，会是铅样的颜色。这加重了你身上寒冷的感觉。

看庄里谁家日子强，看他院起堆的一垄好柴。那都是些树枝卜榔，很有些年月。这"卜榔"二字不知该咋写，是粗的树干树根的意思。那玩意儿经烧，灶火里入上一根，能烧一夜。硬柴卜榔很让人羡慕。

知青没有柴。生产队派两个劳力，带了男知青，到山上揽些灌木枝子来，为的生火做饭。我们没有取暖烧炕的柴，睡的土炕都是冷的。窑洞门上是破旧的大窗格，糊的纸全烂掉了，能看到外面的天空。冬天夜晚，我们躺炕上，看天上星星亮晶晶。夜空里，月亮飘呀飘，像只小白船儿，从小儿歌里这么唱的。窑里面于是月光如水，那是"炕前明月光"的意境，带给你"低头思故乡"的情怀。

晚上，我们顾不上情怀，忙着把所有能盖的东西都堆在被子上。我们先在冷冰冰的土炕上铺块塑料布。那时我有一块旧狗皮，铺上。上面铺我的褥子。我铺开被子，脱下棉袄棉裤秋衣绒裤，都堆到被子上。再在上面铺上一条旧毯子。被子和毯子之间，由棉袄棉裤组成了夹层，夹层里的空气可助御寒。这做的是"夹馅饼"，或"三明治"。我不知道女生，反正男生都这么干，晚上在身上堆"三明治"。我们钻进冰冷的被窝，马上缩成一团儿，将中心捂热，慢慢伸手伸脚，扩大占领区。身上堆得多，很重，翻身不易。但沉重会增加心里边的厚实和安全感，可以祈望托得好梦。早先读到说居里夫人巴黎求学，没钱取暖，晚上睡觉把靠背椅压在被子上，想来收异曲同工之效。那会儿到底年轻，身子有火力，能抗。

第二天早上很难起来，被里被外的温差太大。太阳已经爬老高了，我们也早都醒了，可全体男生都在被窝里赖着。老乡袖了手，咣当一声推了窑门进来，说："shei！"——这是陕北特有的惊叹词——"这些兀的灰小子，咋还没起些？"好在冬月天乡里山上没有什么活计。

我们窑里有几口大缸，一个盛满了水。窑里太冷，水冻住了。大家取不出水，就由它那么冻着。再后来，整个水给冻实了。最冷的时候，听见那缸开始唧唧嘎嘎响，奇怪它怎么会呻吟。敢是这缸也冷得蹾不定了？最后几天，唧唧嘎嘎越发响大声，像在大叫唤，哀鸣哟。是物之将亡，其鸣也哀。终于有一天，一个明亮的上午，那缸一通连续的大叫之后，哗朗朗一声响亮，碎成几个大块。一个大冰坨子，像个怪物，晶莹剔透，在窑正中，豁然立起。感觉那是个什么生命，破壳破茧而出，看得我们目瞪口呆。由此知道水结冰会膨胀，力大无比，可以把缸胀破。那大冰坨子很费了我们一番手脚，它太重太大，我们把它从窑里死活请不出去。

我们都冻得受不了了，纷纷想法逃命。有人去和老乡搭伙住，我却发现了大队的猪食窑。那是个土窑，很小，窑面塌了一处。它旁边是猪圈。临崖根掏几个小洞，又用树枝子做个栅栏，围成个小圈，就是猪圈了。猪的粪水从栅栏里充溢出来，烂的泥黑的水汪着。夏天那窑门口稀泥淤一大片，泥里丢得两块石头，人得跳着过去。冬天那泥倒是冻结实了。那小窑，开门就是灶，灶连着个土炕，再没转脚处。最妙的是，它每天要烧火！那炕上堆的麸子糠，烧猪食的老婆子每天在那口大锅里熬烂菜叶子，添进麸子和糠捂的发酵饲料，还有谁家的泔水。窑里满是馊的酸的气味，不很友好，但是暖和！我拉了王同学丁同学两个，去和队长招呼，搬了铺盖跑进去，把炕上的麸糠盘起，铺上我们的塑料布。晚上睡在那里，哈呀，好暖和哟！每晚上都暖和，多么奢侈！便是住星级酒店，也不过如此罢。道不得是：芙蓉帐暖度冬宵，从此君王不早朝。唉！人得卧榻若此，夫复何求欤？

丁同学晚上睡得死性。半夜，我被啪啪啪的拍打声惊醒，发现是丁同学。他跪炕上，拼命地拍打窑掌。我睁开眼，黑暗中看他举动，颇觉有趣。见他拍一气，在窑掌噌噌噌，急急爬另一处，又拍。我听了一阵儿，终于忍不住，捅他一脚，发话道："哎，你干嘛呢？"就听他一下子迸发，近乎歇斯底里："快！这窑怎么没头啊？我找不到下炕的地方了！"声音急迫颤抖，带了哭腔。我觉好笑，糊涂睡如此。就说："咳，头在这边儿呢，你闹反了，那是窑掌哎，"悠悠问他说："你到底在干嘛呀？"他大叫："我要撒尿！我下不去了。我可要尿炕上了啊！"我吓坏了，嘴里叫说："你敢！"从窑掌把他拖过来，一把推下炕去。丁同学可怜，已经来不及冲到门外，就径直在窑里放水。黑暗中，听到噼噼噗噗，雨打芭蕉。继而叮叮咚咚，一阵急响。那是水打在个铁皮空桶上了，便让人想起白居易的诗句"大珠小珠落玉盘"。

山里的冬月天，乡里人没活计。晴朗的日子，是乡人的美好时光。你会看到一堆汉子婆姨，都挤在阳洼的崖根儿，圪蹴着。人们眯了眼睛，喜滋滋晒太阳。太阳暖烘烘，懒洋洋。阳光热得温柔，有长辈加母爱的味道。冬月天的老阳儿，是宽厚的爱抚，是老天对受苦人慷慨的施舍。阳光下，汉们快乐着，噙个旱烟锅子；婆姨们快乐着，唧唧呱呱拉话。人人都解开襟子，松开裤腰，快乐着，翻找虱子。这人生，微贱如蚁。老阳儿无分别，公平地把快乐分给每一只蝼蚁。我看着那快乐，竟如此简单，希求如此微小，内心对人生有真实的感动。

我们也长虱子，也挤在人群中，也翻开裤腰抓虱子。每找到一处虱子虮子，赶紧用指甲掐，掐得叭叭的。看着迸出小粒儿的血，很兴奋。有快感，有收获感，有成就感。这项活动，想来应该是大益身心。现在的人都不长虱子了，不得体会。惜哉。

崖根前安的个小碾子，吱吱扭扭，一直地响着。一头小毛驴，给蒙了眼睛，拉着碾子转了走。我懒懒的，挤在崖根，看着小毛驴。唉，人生就是这磨道，一条没完没了的路，跟受苦人的路暗合着。走几圈，小毛驴慢下来，悄悄甩两下尾巴，有要歇一下的心思。扫碾盘的婆姨就"得秋"地叫一声，它便又紧走。这是临了年根儿了，庄户人在压糜面，碾黄米，准备过年的油馍油糕呢。

这冬月天好啊，能有个过年！庄户人的日子，一整年缺粮少盐，熬到头来，终于见到了油腥，闻到了肉香。家家都好歹闹下些肉，猪肉羊肉。过年，怎么也得有顿酸菜肉扁食吃啊。人们整日价麸糠野菜，肚儿还吃不得饱。老人娃娃，婆姨汉子，哪里轻易见过一顿好吃食，而今总算煎熬的这一年到了头。但有了些好吃食，却都过来请知青，叫家去"吃好饭来"。家家都过来叫："则过我伙来（到我家来），吃饸饹来！羊肉臊子酸汤饸饹！"唉，我的西沟，我的西沟这些善良的山里人哟。

在那个过年的美好时节里，我们被拉到人家。给撩开厚厚的烂毡门帘，呼的一下热气裹上来。眼镜蒙的水雾，甚也看不见，感觉窑里都是人。空中弥漫着气味，水蒸气，灶火气，旱烟气，汗馊气，人肉气，酸菜气，乌烟瘴气。

朦胧看到灶上一个大锅，锅台上站一人，影子在窑顶子上照得巨大。忙的拿手擦镜片，这才看清，一个煤油灯，照明晃晃价。锅上横架的饸饹床子，锅台上站个后生，是海福，是根宝，或是来富，两只大脚叉开，马步蹲裆，蹬住锅台，身子跨在锅上方，屁股坐住饸饹床子压杆，出劲下压。屁股下面是大锅滚水。许多根面条吱吱扭扭，叽叽咕咕自屁股下面余出来，没入到下边沸腾的汤里。这画面叫人生出奇怪联想，可是没有人去联想，大锅此刻正烧得白浪翻滚。周遭围了婆姨女子，都拿了筷子，去锅中乱搅。这是我第一次见压饸饹，图画生动，非常的民俗。奇怪怎么没个画手去画这场面，好题材么。

粗瓷的个老碗，盛来灰色的荞面饸饹。浇的酸汤臊子，堆的洋芋丁胡萝卜丁羊肉丁，红红儿价调的辣子。人吃上一口，好吃哟！我们知青，也是许久不见这好东西了。整月就的都是瓜菜，肚里明镜儿似的清亮，没一滴油水。我捧了那面，闷了头，急急地吃，咀嚼声淅沥声大作。眼见的一大碗面空了碗底，这才抬起头来，眼窝里噙满了泪花。你知道你懂了幸福的真实含义。

婆姨女子忙不迭又盛来一碗，叫说："则吃则吃！有呢！

则要吃好噢！"我忙的推辞："少来点儿少来点儿，吃不了了。"

这第二碗，吃得仔细。慢慢嚼出些旧日的时光，忆起些遥远的父慈母爱，就又涌的些感动的泪水，带的伤感。看着窑里，看着老人娃娃，婆姨汉子，都各自捧了酸汤羊肉饸饹，放声大嚼。忽然有了对命运感恩的觉悟，含了对老天安排的知足。

冬月的年根儿，更遇到红白的庆事，那便是全村儿人的节日了。不像外国人，遇节庆事便要唱歌要跳舞，好不麻烦。国人节庆事就是个吃，小小的个山村儿，人人都去吃。便是寻吃要饭的去，也要给吃好。那吃食哟，好东西！油馍油糕，白酒米酒，酸汤饸饹，粉条豆腐。托着的木盘上，摆许多碗，每碗里一块大肉，这肉每人可以分到一块。那肉块必是大肥肉，好看，肥膘三指，颜如温玉。

我分到的那块肉，足有半个香烟盒子那么大，好像比别人的都大呢。一大块整个白白的肥肉，只细细的一线红瘦，十分姣好。立在个碗里，洁白无瑕，光泽细润。

这么块好肉，嘿！引来了看家，都拢了袖子，紧紧围定的一圈。耳边听得一片大赞。来福说："这块肉实在美咧。侯子这好福气！"天宝说："吃上这么块好肉，再喝上口烧酒。赶个中央首长住北京了。"海富说："咳呀，侯子，吃了（liào）了吧？和咱换工来！"

众人催促着，我灌下一大口烧酒，喉咙里火辣，伸了筷子，豪情满怀，去夹那肉。肉块子夹起来时，肥嘟嘟价，在空中颤动得美丽。

周遭突然一下子安静了。一圈看家都屏了气，张了口。一圈眼睛都盯着肉块子，细致地看着。看着肉给塞进到嘴里了，看着牙咬下去了。跟了那块肥肉包满口中，跟了那一下咬得油香喷溢。一圈人的喉头，齐齐地跟了，做一下吞咽。一圈人口里，齐齐地发一声呐喊："shei！"

唉，这该是种怎样的呐喊呢？我而今清楚记得那画面，却忘记了那些张脸，单记着的是眼睛。呀！那片眼睛。一圈的瞳仁，一圈的眼白，起一片晶亮的眼神儿，都放了奇异的光彩。那满足，那快乐，简单直白，无遮无拦。那是明澈的欢喜，无烦无恼，无悲无忧。那是无心的人生，可教你承受万般苦难。噢！那一圈山里人的眼睛，那是大山的眼睛。用相机定住，怕是张该拿奖的画儿吧。

乡 学

枣圪台

那一年，我在延安山沟里的万庄插队当知青。

经过征兵，招工或家里托人，在万庄插队的北京知青都走光了。只剩了我和简华两个男知青。

我家祖上留过洋，又划了"右派"，"文革"中跪着挨斗，就吃了安眠药，撒手走了。简华家因为什么道理，家给红卫兵抄了干净，父母被赶出北京，也是划作"五类"的人家。两人都没机会门路，就仍留在庄里。

原来在村里教书的知青也走了。万庄书记张殿南看到我两个闲时都捧了书看，认定是好文化。和队长商议了，重整治出一眼空窑，让简华不要上山干活了，在村里起一个班，教村里的娃们读书。

沟底的枣圪台庄，知青走得更是一个不剩，庄里找不下个读书人。枣圪台书记谢明山头天晚上跑到万庄，和万庄书记张殿南讲好，说要借个知青去枣圪台给学生娃娃们教书。

早上起来，张殿南拉上在庄里下乡锻炼的梁大夫，跑来找我游说。夸赞说："教书苦轻，再不要上山受熬累。枣圪台是沟底队，你去了一满有白面吃。"梁大夫是北京协和医院的外科主任，大知识分子，也撺掇说："大学很可能以后要恢复招生，你不是想上大学吗？教了书，空闲时间多，而且还有星期天，你就能看功课了。"

后半晌，枣圪台来个后生赶个驴车来接。我装了书箱和铺盖，相跟了车，顺山路往沟里走。

走了十来里路，过了余家沟，山沟窄下来。沟坡两边渐渐有了些灌木，枝杈上都挂些绿色。果然沟底景象与沟口不同。沟口的坡崖，石板上只浅浅地浮些细草。人说沟底就因了这梢林，土地有肥劲，比沟口能多打下两颗粮食。

近枣圪台庄的沟底时，天已擦黑。几个半大娃疯跑下来，为首一个碎娃，眼睛黑亮，鼻涕闪了光。跑到我跟前立住脚，仰了头看人，大声发问道："你，是不是谢老师哎？"不待回答，又转身疯跑回去，其他的娃跟了跑。满庄听一片呐喊："哇哎，谢老师来了！"

一行男人都拢着袖管，匆匆赶下来握手欢迎。我被众人引着到个下场院，场院里早聚了一群汉子婆姨娃娃。书记谢明山披件老山羊皮袄，站到众人面前，清了喉咙，演讲说：

"这是咱枣圪台自万庄请下的谢老师，能读这厚的书，可好文化咧。各家仔细说给各家娃娃，叫好好听谢老师收拾管教!"大家就都鼓掌。

众人散后，谢明山引我去安顿住处。身后跟了一群学生娃娃。

下场院三面围了石窑，一面是牛棚。石窑都门窗破旧，有了年头。书记指着北面最边上一孔窑，交代说，这是枣圪台的学校窑，"学生娃娃拢共二十大几，一眼窑都坐下了。"我走进去看。窑内昏黑，高矮横几排长桌条凳。窑掌墙上挂着黑板，已边角残破，被粉笔划出大片花白。黑板前立张小桌，是老师讲桌。桌腿细瘦，像在摇晃。伸手摸它一下，它立刻倒了下去。我慌忙把它扶好，退了出来。

谢明山站在外面等候，见我出来，便引去西面。推开一孔窑的门，说这是给老师备下的住处。我见那窑，门开在一侧，旁边是大木格窗。虽然老旧，却新糊的糙纸。窑内窗前连了大炕，窗台上整齐摞的四卷毛选。炕墙上黑黢黢的，贴一张李玉和，一张李铁梅，都举了灯，瞪了眼拉着式子站着。炕旁的锅灶收拾得整齐，脚地炕上扫得干净。窑洞一壁立了三个大缸，一个缸装满了清水，一个缸泡着酸菜，一个缸空着。

谢明山指了那缸水对我说:"水已经叫人给老师挑满了，酸菜是给老师的。外面柴垛是队里猪场的，也是给老师用。谢老师要烧饭了情管去拿。下夜看书点灯熬油了，去跟饲养员陈老汉要灯油去。看还缺什么了就跟队里言传。"

　　窑里脚地放一堆杂纸书报，说是知青撂下的。我把铺盖放到炕上，去翻那些书。听到谢明山在吩咐什么人："喊保管员快些儿上来，盘些小米白面，清油也灌上一瓶。叫老师先吃着，都先记到大队账上。"

　　书记走后，我就去炕上，摊开铺盖。又把书箱在炕沿边上横放了，上面铺块塑料布。取出一摞书本在箱上摆好，作了书桌。将煤油灯擦得雪亮，也在箱子上摆了。自己看了满意。

晚　间

　　晚间胡乱做口汤面吃了。一个人在窑洞，掩了门，坐在炕上，拿本樊映川*讲义，静静地读。这书上下两卷，是"文革"后期，我从个破烂书堆里拣到的。书中见有了习题，就铺了纸，在油灯下做演算。飞快地看过了一章，觉得人又有长进。正心中快乐，窑门一阵响动，涌进来一群老汉后生，队长也跟了来。我忙合了书，问说："有事找我吗？"大家回答得七嘴八舌："串了嘛。""看谢老师下夜做甚了。"

──────────

　　*樊映川（1900-1967）：安徽舒城人。1926年毕业于北京大学，1940年在美国密歇根大学获博士学位。曾任同济大学教授。其主编的《高等数学讲义》，清楚易懂，长期被全国工科院校采用。

有人就递来根纸烟，说："我兄弟叫个随娃，在谢老师班儿上了。要叫老师费心了。"我忙说："我不会抽。"那人把烟硬塞过来："拿上，拿上，根儿纸烟嘛！"

有人夸说："一个箱子上摆两盏煤油灯了，真正是个文化人。"另一人说："老师么，下夜要看书了，两盏灯亮堂些。"众人就又去看箱子上的书。一人惊怪起来："shei！这是本甚书？这日怪，这厚！"我看过去，见是本郑易里编的《英华大辞典》，是从家里弄来的。就说："这是本外国文儿的字典。"几个人都争着拿来翻了看，说这些洋人日怪，咋弄得这么些曲曲弯弯的字儿，谁能解下了？

一老汉就问："这厚的个怪书，谢老师咋就能读完了？"我赶忙解释："我哪儿能读得完。这是本儿字典，不是读的，是查字儿用的。"老汉们就说："枣圪台这回寻了个好老师，还能查外国人的字儿。娃们好福气，一满能学到好文化。"

我看了队长说："队长，学校窑隔壁是机房。开机器怕要影响学生上课听讲了。"队长说："成嘛。叫给说下，上午不准开机器，下午再开，都叫照谢老师的规矩办。"

一个婆姨跟一个汉挤上来，送上来一个小筐，里面装些桃儿杏儿的鲜果子，说："谢老师，这些叫拿上吃去。"我还未及答话，婆姨身后扯出个男娃，拖着鼻涕，大约五六岁光景，说："我们这个猴娃，不够年龄，人家不叫上（学）。看谢老师能给收下，坐个后排排。家里大人就能上山了。"我想想好像后排应该还有位子，就说："能行，上课前要把鼻涕擦干净。"婆姨汉子感激不尽，说："擦干净，能成，能成。"又说道："后沟张海富家也有个猴娃，也不够年龄。张海富叫来问谢老师，也叫坐个后排排吧。"我连说："行，行。"众人听了，都笑眯了眉眼。

第一堂课

清早起来，特地找出件干净的中山制服换过，将身子挺直了，去到讲台站下。

窑洞里面，全体学生娃已端坐得整齐。从前排望过去，见许多娃都换了洗净的布衫。但光线昏暗，辨不清面孔。只看见昏暗中都是眼睛，散落在各处，眨得一片晶亮。想起先前在队里干活，天不亮出早工到羊圈起粪。那昏暗的羊圈里，羊的眼睛便是这样晶亮，也散落在各处。忽然觉得自己就是那揽羊的牧人，学生们便是那些羊。

见学生们都安静着，仰了头等候。赶忙收了心思，咳一下，把面孔放得庄严。开口说道："我从万庄来，姓谢。一向在山上干活，从来没有教过书，也不知能不能把你们教好，"停一下，觉得不妥，换了话说："我现在挨个儿点名，点到谁，谁就报自己的名字，是哪个年级的。"

用手指点过去时，男娃们扯了嗓子喊，女娃却扭捏，声音蚊子样细。查下来，计学生二十四个，男娃十个，女娃十四个。其中五年级五个，四年级四个，三年级四个，二年级五个，一年级四个，学前班两个。

这六个年级的学生都坐一个窑洞，且更有算术语文各科的不同。想一下，定了主意，放话道："五年级的同学到黑板前面来。其他人放悄声！"

几个学生到了黑板前，便问道："谁有语文课本，你们已经学到哪儿了。"于是接过一本揉卷的册子，翻到一课，看了课文，不喜。就又往下翻一课，见是说历史故事，讲古人好学，说："就讲这课吧。"让个学生来读。那娃捧了书，读得结结巴巴，许多字不识。我把生字挑出来，先讲字意笔画，再带着学生娃们一齐用手望空中画写那字，口里"横竖撇捺"唱那笔顺。然后放学生自己唱，学生们便扯了嗓放声，口唱手画，把那调儿诵得如和尚做法事。耳中一片訇然，窑洞如同大庙。心中叹道：这是书声朗朗啊！这声音好久没听到了。看看有了些时辰，就对娃们说："都坐回原座位去吧。每个字写五行，要按笔顺规矩。然后自己背写熟。我过后来考。"

又叫过四年级的到黑板前。拿了本算术书来，见是讲四则运算。于是讲规则，先乘除后加减，括号优先。黑板上做了演算，又叫两个学生娃做了一回。留一堆题目，叫回位子去做。

然后去对付三年级。见是讲乘法。翻到口诀表，我领着

作者与孩子们在一起

念，娃们跟着直了喉咙吼。看看吼得熟了，打发回到自己座位上去背。过后要考，不会不行。

一气讲下来，台上手舞足蹈。把所有年级都安顿了，方吐一口气。就觉到有些乏，肚子饿起来。这才想到，上这半天的课，还没有做过课间休息。于是宣布说："现在下课，休息十分钟，再回来做作业。"娃们齐声呐喊，从座上跳起来，冲锋到场院，土匪般打闹成一团。

我擦净黑板，拍拍手上的粉末，走出学校窑门。站到阳光下，觉得有些刺眼。就看见块烂石头上蹲着个队长，等在那里。队长手上擎管旱烟杆，吃得嘴巴胡子冒烟。见我出来，笑了说："谢老师，上午的课讲少些，能成？"我应道："成么，咋介？"队长又笑："中午咧，课讲到中午就对咧。让娃们吃饭去，你也做上口嘛。下午不累的话，再讲上些。累的话呢，就算讲了。"我也笑："我讲得忘了时间了，下回得留神。让学生们吃饭去，吃过后下午再讲吧。"回身向场院里的娃们发喊道："放学啦，都回家吃饭去！"学生娃们听了，发一片喊叫，顷刻无了踪影，余了个空空的场子。

山　顶

早上爬起来，心情愉快。随便喝了碗隔夜米汤，夹本书，坐到学校窑里去读。等了一气，却不见一个学生。忽然省悟起来，今天是星期天。

做几年山里人了，这天天早晚地农活，从没个节假寒暑。可现在做这老师，有了星期天的公家规矩。心里不禁喜欢，叫人远远想起来些城里人过的日子。想到来枣圪台已经多日，何不出庄外山上走走。便回去窑里捡了本书，带了窑门，信步出了庄。

清风里，正一派艳阳，天蓝得干净。曾听人说，沟底枣圪台山高，可望得千里，绝好景致。出了庄见到岔口，便寻了上山的小路，一路悠闲地走了上去。

其时寒露方过，暑气尽褪。沿小路登到枣圪台山顶，四下望去，果然群山皆小，独临了空阔。但见秋色西来，长天寂寥。节气里带的清凉，增得人气爽。感到有几分懂了古人，想古时候那些游子们，悲秋时节，若登高望远，不知乡关何处，心里就会生出惆怅。

低头看手中的书，竟是本中华书局版《古文观止》。书已残了头尾，中间还扯掉几页。这分明封建四旧，如何到了枣圪台知青手中。奇怪没带走，许是人走得匆忙。把书翻开来，见到是陶渊明的《归去来辞》。劈头里读到一句"识迷途其未远，觉今是而昨非"，心中叫起好来。

又往下细看，一边感慨。人扔在荒山野岭，才认了真读些毒草，却是遇个酒肉的席面，盘盘都是珍馐。过去没有去刻意搜来读，真是罪过。回想以前，人实在是混沌了一路。

读许多理论，跟许多说教，信了多少荒唐。

我便捡个土埂，一个人坐在山顶，秋光里把那书看很久。看得眼睛乏了，这才抬头。见高天起了薄云，那薄云轻盈流畅，蛋花氽汤似地大片抖散开来，群山都沉到那汤底。人就感到有些肚饥。想到读到这么本好书，得找人去聚聚才好。

合了书站起身，一路下来到枣圪台庄里。窑里去装了瓶清油，夹了书，关了窑门，顺山沟走出来。走一刻，已看到余家沟的高峁。峁下淡淡的一缕炊烟，绿荫中懒懒地升起来。

余家沟

余家沟与枣圪台相仿，五十来户人家，夹在枣圪台与万庄之间。原先有北京知青三十多人，现在单剩个知青王克明，而今也在教书。

进了余家沟，到知青窑去寻克明。转过石窑院墙，见棵老树虬根，横竖了枝杈，生得全无章法。树下便见到那克明，头上扎一条白色羊肚巾，身上穿一件黄色斜纹布旧制服，脚上踏一双黑色松紧口懒汉鞋，立在窑门碾盘前。制服右边肩头扯了口子，被用别针扎住。阳光下像个肩章星，闪的些光亮。

克明见我，高兴招呼："嗨，正想找人传话去叫你出来呢。你倒来了。"我说："今儿星期天，我肯定出来。弄了瓶清油，枣圪台的。"克明接过清油，很是羡慕："枣圪台一满是好吃食。"又说道："老褚老苏今天在我这儿，一会儿简华说好也过来。我庄里弄了十几个鸡蛋，还有个猪肉罐头。今天咱们可以打平伙（聚餐）了。"

随克明进了窑，见北京支延干部老褚老苏都在窑中。老苏坐灶旁烧火。灶上大锅盖了盖帘，雾气蒸腾。老褚坐炕沿上，面前好大一缸子大叶儿茶，浓得墨汁一般。

老苏原北京机关科员，人本分，行为谨慎言语小心。老褚文化人，先前北京实验二小的校长。"文革"初期，各校红卫兵都把老师校长捉来，批斗得快活。他很受曲折。经劫难得生，心境十分宽大。

正招呼时，简华来了。见他身上一件灰青布褂，已洗得发白。手上提两个酒瓶，看了大家说："都在呀!"举起酒瓶笑道："万庄供销社弄来的，一瓶红葡萄，一瓶白的。够咱们一顿了吧。"

我取出《古文观止》，克明简华眼睛都亮，说："咦! 你是从哪儿弄来的?"没等我把陶渊明打开，克明已跳过来把书抢去。翻几页，伸细了脖子，大声朗诵起来："使天下之人，不敢言而敢怒。独夫之心，日益骄固。戍卒叫，函谷举。楚人一炬，可怜焦土。"抑扬顿挫前仰后合慷慨激昂，像莎翁的哈姆雷特在台上念独白。正在得意，窑外已聚了一群娃娃，都吵嚷说："听王老师唱古经了，一句也解不下!"

克明翻着书说："还有篇儿特棒的。"指给大家看时，却是骆宾王讨武曌的檄文。克明直了身子，又是大放高声："伪临朝武氏者，人非温顺，地实寒微……"语调铿锵。待读到"入门见嫉，蛾眉不肯让人；掩袖功馋，狐媚偏能惑主"两句，大家都失声大叫："好！"倒把老苏吓了一跳，张了口，抬头疑惑地望着大家。

　　我笑着摇头："骂得太露，小气了。"克明家里革干，"文革"中整成个黑帮。听我说，就笑着看看老褚。向我眨下眼，带了分狡黠："这骂得才叫过瘾呢！而且那几句对仗特漂亮，非得大声读才有味儿。"

　　老褚端了缸子，喝口茶。慢悠悠地笑着问："那文章骂谁呢？"克明说："骂的是伪临朝的女皇。"简华解释说："是骂武则天，唐朝的事儿了。"老苏就说："哦。骂唐朝呢。"又说："哎，我说你们几个呀，净管那些唐朝的事儿干什么？喜欢诗，学学毛主席诗词嘛。"老褚也说："不要光看古文吧。看点儿现代的，学点儿科学知识。"简华："大家都在看数理化呢。"老褚便作鼓励："你们几个都有程度有基础，我看呀，大学以后可能要恢复，说不定没准儿会考试招生呢。"

　　正说着，进来个碎娃，对老褚说："我妈饭好了，喊你到我家窑火吃派饭去。"大家慌忙说，"不要去吃派饭了，在我们这儿打平伙，吃好的。"老苏就看看老褚。老褚站起身，抻了下筋骨，说是有规矩。捧了茶缸，跟了碎娃，一摇一晃地走了，老苏讷讷地跟了后面。门前的娃们散去，剩条狗，瘦瘦地卧着。

克明去到酸菜缸，从里面抱出块压菜的石头，说："咱搭桌子来。"陕北农家的窑里，除了灶和炕，没有桌椅。我又去门外抱块石头。两块石头一边一块，摆好在窑洞里。简华去到窑洞门口，双手抓住窑门板，用力往上一提，把一扇门从门栓里卸了出来。克明上来相帮，把门板抬了，铺到两块石头上。地上就搭出一个桌子，只是甚矮。克明有知识，便作的卖弄："古时候没椅子。桌子矮的，是案儿。吃饭跪着。咱帝王将相，席地盘腿儿。"

灶上后锅里，克明早打好一锅黄米饭。大家就都上手，前锅倒清油，炒出一大锅油汪汪芋条子，盛在个大碗里。再把鸡蛋都磕了，加大把葱花打散，收拾了一大碗油汪汪炒鸡蛋。最后找两个洋柿子做大碗西红柿酸汤。几样菜摆定到门板。克明又把猪肉罐头打开，见是白灿灿一罐头的稀稠猪油，肉倒不见几块。就都倒到个碗里。又将酒分倒进几个大茶缸子。

三个人各自找块柴木疙瘩，坐下来。将酒杯捏定，先灌下去一大口。都右手举了筷子，喝声"吃!"一齐动起手来。

那炒鸡蛋金黄灿烂，最是诱人。第一口一大筷子，人香得直酥了半边。又用调羹舀那罐头的猪油，拌进黄米饭里。黄米饭油津津，泛一层光亮。三人一边擎了大杯，一口口的白酒，辣辣地倒下去，肚里心里热烫起来。

一顿吃喝到太阳偏西，大家都有些瘫软。桌上白酒红酒早已倒得瓶空，盘中吃得狼藉。克明扔了筷子，一口把残酒干了，抹一下嘴，表情庄重："来，咱几个，《你们已英勇牺牲》。"三人都空了大杯，带了醉意，嗓音嘶哑着吼唱起来：

> 多少弟兄们牺牲在斗争中，
> 他们对人民无限忠诚。
> 愿为全人类能够自由生存，
> 一切都贡献，甚至生命。

这是19世纪俄罗斯民运人士的葬礼曲，曲调徐缓。大家唱得悲壮。吼叫里带一种挣扎，叫人想到荒山上兽的干嚎。

西天上，晚霞烧起来，成了一片火海。大块火烧云红得鲜血淋淋，深深浅浅流了满天。晚风送过来，看得见大家都映红热了脸子，就觉着那歌声飘荡起来。我醉醺醺望着那歌声，看着歌声渐高渐远，看着它飘到血红的云海里去了。

回到古代

早上起来，上了两节的课，我开口说道："昨天留下的功课，都做完了？现在交作业。"娃们都把作业本子拿出来放到桌上。我离了黑板，依次收了过去。

待收到山性时，见桌上空着。就问他："作业呢？"山性是个五年级男娃，很机灵的模样。他歪了头，不看我，说："没做。"我记起来，人说这山性是孩子头儿，很是捣蛋。原先枣圪台做教师的女知青被他给气哭过。就问："为什么没做？"他看一下我，垂了眼，说："没时间。"我咽口气，又问："昨天下课你干嘛去了？""耍来咧。"

我抬头看看其他娃，说："昨天耍的还有谁？还谁没做作业？"窑洞里没人答话。我凶起来："还谁没做？"娃们中间，迟迟疑疑地举起来两只手。是来福，是根宝，一个是队长的儿，也是上五年级，都怯怯地看着我。我厉声喝一句："站起来！"两个男娃，加上山性，犹犹豫豫地站了起来。窑洞里死一样静。

我心里恨将起来，一路怒喝下去："不像话！你大你妈上山受苦，挣出两口吃喝，供着你们。指望你们能学上两个字儿，过上些好日子。能记账识数，少受穷受累。你们却跑去耍，还敢不做作业！对得起你大你妈吗？良心呢？"我越讲越气，声色俱厉，把些为民族为国家为乡里为父母的大道理小道理，义正词严铺天盖地，拿出来训得滔滔不绝。也不知训了几个钟点。骂到后来人有些累，心里奇怪起来，肚里哪儿来的那么多说教。

正在喝骂，觉得窑门口有人张望。抬眼去看，见是两个婆子。婆子见我看她们，吱溜一下跑没了影子。

抬头看看太阳，已是正午。再看山性儿几个，都低了头悄悄站着，气势已被卸得干净。定了气想想，可怜这些山里娃，听惯的骂都是乡间粗口，大概从没听过有人拿这么多大道理骂人，自然矮了下来，就住了口，对娃们说："现在放学回家吃饭。没做作业的留下。"娃们都拿了书，逃也似的跑光了。

我对那三个说："你们几个坐过来，先把昨天的作业做了。"又打开语文书，找到个学过的生字表，指着字说："这些生字，每个认真写一页纸。写的时候用心，过后我来考。不会不行！"把书拍到桌上："写吧！不写完不准回家吃饭。看谁今后敢不做作业！"

三个娃都乖乖摊开了书纸，开始写。我找本书，在一旁坐了看。守着。隔阵儿训上两句："今天这事，心里要记下！完成作业是做学生的头等大事。"

又守一刻，肚里饥饿起来。就对三个说道："我去做饭。你们老实写字。不许胡捣，操心我不客气。"娃们彼此偷看一眼。手上不敢怠慢，加紧了写。

我回到住处窑洞，生火，切菜，揉面，匆匆做成一锅瓜菜和面。却发现盐没有了，就拿个小罐出来，去到隔壁喂牛老汉陈宝明家，想讨些盐回来。

出了窑，先去学校窑张望一回，转回来到陈老汉家窑前。

正是中午，学校小场院静无一人。推开窑门，听到嗡嗡的说话声，倒叫我吃了一惊，里面竟聚了一窑的人。炕上坐的都是婆姨，三个学生娃的娘也在。脚地闲站了两个吃烟的汉子。

见我推门进来，众人都一愣，都忙闭了嘴。陈老汉笑吟吟赶忙招呼："谢老师，中午做甚吃？"我说："哦，做和（huò）面。盐没了，能先借给我点儿吗？"众人一听，都齐声说："这算甚事，要叫谢老师说借！"不待陈老汉动手，都四下动作，拿盐，寻辣子，还有人跑去剥来两棵葱蒜。

我连声道谢，正要走，却看见灶台上放着三个饭罐子，里面装的小米粘饭，上面堆了些下饭小菜。山性娘忙的解释："是三家给三个娃送的饭，先叫撂着。谢老师尽管去操心管教！"队长婆姨也都相帮了说："谢老师快忙做饭吃去。我们守着。娃们不写功课，就不能叫吃饭！"

我愣怔在那里。乡里人尊着古，敬先生管教学生呢！外面可多少年没见过这事儿了，这叫人心里热热的。多年来兴的是把读书人踩了在脚下作践。那风尚似早已失却，人心中变得遥远。而今在这贫穷的小山村儿里，遇上这敬读书，敬读书人，像是回到了古代。这是些传下来的根底，积在这些不识字的农人心里，厚得像黄土大山，可叹！只些个秦始皇烧书的歪道理能够打掉！

离了陈家，我忙跑回学校窑，见三个学生娃还在写。每人把纸抄了七八页。拿过一页来看，上面紧紧密密一排排铅笔生字，大大小小，黑黑的一片。心里惭愧，暗骂自己，真是少不更事，下手没个轻重。派这么重的功课，抄到明天早上也抄不完。

我赶忙直了身子，和善了面孔对三个娃说："好了，今天就做到这儿吧。从今要记下，每天必须完成作业。现在快都吃饭去吧！"三个娃听了，欢呼大作，立刻都扔了笔，逢大赦似地跑了。

吃罢午饭，隔壁陈老汉特地拿了一篮杏儿过来，说是专为给老师摘的。那杏儿大而圆，颗颗润白。我拿了一颗来尝，蜜甜，更带了股清香。

老汉看了我吃，得意地说："几道沟就数我的杏儿好了，远近再没这么卜（棵）杏树。谢老师爱吃了都拿上吃去！"我不好意思："拿几个就够了。"老汉笑了说："都拿上！老师么，古代要叫个先生了。一满该拿好酒烧肉待着的。几个杏儿算甚咧？"我说："这么好的杏，您该拿上走延安城卖去嘛！"老汉把个烟杆噙到嘴里，摸出火镰点上："咳，卖什么了，麻烦的！你谢老师好本事，看把这些娃们教的！再想吃杏儿了，上我树上摘去。"喷口烟，竟自夸耀起来："咱这个人，就好讲个五湖四海，为的朋友！好叫谢老师你们文化人知道，你陈大爷这一辈子，不同他一般乡里人。咱是吃也吃过，喝也喝过，嫖也嫖过，赌也赌过，是见过大世面的！延安城那阵儿有个苏维埃主席林伯渠，你北京街上认得吧？那（něi，他）

和我在一个桌上吃过酒席咧。"

下午下起了大雷雨。我站在窑门口看雨。近晚雨停了。空气清甜如饴。满天沉沉的阴霾，裂开来一道缝隙，露出天穹青莹的真色。我眼前明亮，心里琢磨："那是天空本来的颜色呢。"

山中日月

自此以后，课上得顺当，再无人敢不做作业。我亦不敢有怠慢。把算术讲得仔细，拟了许多应用的题目，叫娃们演算。语文课遇了好文字，拿来叫背诵。新词用来造句，生字两天一考。整日领了学生，做许多课堂练习，留许多课下作业。

娃们为完成作业，每晚就要用功。庄里人跑来，大惊小怪："咳呀！娃们吃罢饭要抢油灯了，再以前莫见过这号怪事。说是不做作业，不得过去，谢老师要 cěng（斥责）了。"

一天上自然课，我把课本扔一边，给娃们讲世界宇宙太阳系："地球是个圆球。不太圆，稍微有点儿扁，"我说。娃们问："那地咋是平的，还有山了？"我在黑板上画个大地球，用粉笔在地球上截一小段，又画个小山，说："看，这一小块不是平的吗？还有山了。地球太大，人太小。人感觉不到它是圆的。有地心引力，所以人能站到地上。"我讲到古人都以为地是平的。后来有个叫麦哲伦的去航海，绕了一圈。有个叫布鲁诺的说地是个圆球，给烧死了。又讲到人坐飞船上天，看到了真的地球，是蓝色的，那是因为大海，很美。

我拿了粉笔，在地球上指点，说："这块儿是我们中国。这小块儿是陕北。这一个小点儿，就是咱枣圪台了。外面的世界很大呢。"又给解释说："这里是北极南极，中间这一圈叫赤道。赤道很热，住的黑人。"一个娃就说："我那回走延安城看见黑人。皮咋就那么黑来的？"另一个娃就问："黑人，用肥皂洗得白吧？"

第二天上课考试生词，娃们都答得好。我很高兴，正在夸。却不料山性带头，娃们齐声央告起来："谢老师，我们考好了，加一堂自然课吧！"我愣一下，笑了。那一片清脆的童音，一片肮夕夕，被太阳晒得红红的脸蛋儿，一片稚气渴望的眼睛！那是人生路上真情的画儿。而今我忆起那画面，眼里面噙了泪水。我说："今天大家都学得好，老师也高兴，那咱们就加一节自然课吧。"娃们全体"哇"地一声大叫，互相吵嚷："都快悄声，听谢老师讲古朝了！"于是人人端坐，大气不出。

自然课成了劝学的手段。我把些世界天文地理历史文艺拿来，加许多掌故，演绎成故事，讲了个天花乱坠。为听自然课，娃们都在功课上下心。山性几个更是自发帮了照管，不敢叫有完不成功课的，"不的话，谢老师就不讲古朝了"。

不记谁带头，晚上正要做饭，有娃跑进来。对我说："谢老师，我妈（或我大）唤你到我家吃饭来。"我被硬拉着走，到窑里给迎到炕上坐着。见主家端的白面条子，和（huò）的洋柿子，豆角角。放的辣子，调的酸汁。遇上富裕人家，还吃上一嘴羊腥汤。

　　后来家家都来请，都做的好吃食招待。有那贫穷人家也来请，我坐在炕上，一家大小看我一个人吃，大人孩子都说吃过了。我见大人悄悄往娃手上塞块糠饼子，叫走开一旁吃去。心中很是不忍，却推辞不掉。弄得主家生气，觉得不吃，是看他不起，真是件十分尴尬的事。我胡乱拨拉两口，撂了碗，说"吃饱了，实在吃不了了"。千谢万谢告辞走脱，如释了重负。

　　一次晚上回到住处。正舀水到大锅，准备做饭。觉得窑里响动，回头看时，角落阴影中站着个王军。他看了我，小声说："谢老师，我妈叫你吃面去。"这王军是个二年级的娃。我知他家只一个老婆子。没有劳力，挣不下几颗粮。养几只鸡，靠几个鸡蛋贴补。以前那老婆子来请过一次，被我坚决谢掉了。这次却又来请！

　　我不去。给王军说各种借口理由，硬打发王军走了。刚坐下来烧火，就听到门响，老婆子挽个篮儿一步跨进来，王军后面跟着。老婆子一头嘴里唠叨着，一头把篮儿塞过来："好谢老师来，都说你书教得好咧！咋吃再的（别人的）饭，不肯吃我一口哩。我老婆儿就这么一个儿，指望跟你老师学些本事，能识字识数，将来少受些煎熬咧。"我拼命推辞，一边说："大娘，您把东西拿回去。我会好好教王军的。"老婆子哪里肯听。扔下篮子，拉了王军跑了。我愣愣地看着篮子。那是一篮子鸡蛋，个个精心染了红彩。鸡蛋下面，平展展压了三角钱。

转眼到了金秋。近割谷那天晚上，我坐在窑里，把书看了一回，人有些乏。拿过学生课本翻看，心里想到，课教得快了。这学期课本已经教完，没得讲了。总不成老做复习吧？就拉开门出了窑洞，心中懒散，沿着路走下来。

夜晚的小山村儿，凉爽安静。山沟幽深，两壁立着黝黑的大山。头顶上，阔阔一条夜空，开朗起来。天边一轮小小山月，月儿清白，悄然飘着，带一种悠远的淡泊。意境绝美。我站下来，想到李白"青天中道流孤月"，想到"两岸连山，略无阙处"，想到"自非亭午夜分，不见曦月"，这沟涧，这山月！那些古句子，可以拿来给学生娃娃。"不管上面发的课本啦，"我心里想："教些古诗古句，"深山皇帝远，没人批你四旧反动。不必整篇，只单讲句子，叫娃们懂些文字。

回到窑里，找来纸笔。小时候随祖母和母亲读古诗词，很背了些。凭了记忆，纸上记下些诗句。那些大气的句子，叫我喜欢。而今回想起来，感到人生境遇奇妙。在那个大山深处的小油灯下，想到"大江流日夜，客心悲未央"，想到

"明月照积雪，朔风劲且哀"，想到"秋风吹渭水，落叶满长安"，都是王国维称为"不隔"的诗句。这类诗句，无字词雕饰。悲喜涌来脱口而出，真个是一句顶一万句，早已是不死了。

第二天，课堂上响起来一片玻璃般的童音[1]："无边落木萧萧下，不尽长江滚滚来。"

我便在枣圪台这小山村，每日教这群娃娃，闲时看自家功课。日有所获，自得其乐。其间外边儿革命，名堂层出不穷，正闹得轰烈。小山村流水依然，山月不关山外事。到了过年，下了大雪。接连几天昏天黑地，道路不辨。庄户人的窑洞里，灶火各自明亮。婆姨们熬了豆腐，烫了米酒，炸了油糕。锅灶上飘些肉香。年三十晚上，我拔开笔，蘸了墨汁，写了字贴到墙上。那句子是"自在山中一载，不管世上千年"。

谢老师要走了

一个星期天下午，太阳金灿灿的。我在住处批作业。一个娃慌张跑进来，大声报告说："谢老师！队里叫你去开会了。"

我到队长家窑洞时，队长书记几个正盘坐在炕上，炕桌旁坐着个公社的文书老宋。窑里边蹲坐了一脚地的男人，个个拿根烟杆，喷得窑里烟雾一片。见我进来，书记和宋文书都招呼说："谢老师，上炕来。"

我坐到炕上，问宋文书："开会为什么事呀？"宋文书说："我来听汇报修大寨田。你不是想上大学吗？"于是就说给大家知道："上边这次恢复大学，要考试招生。谢老师想去考试了。公社叫我朝队里要个谢老师的评语。"

众人听了，都嘈杂着作贺："哑！谢老师要走了。再不要在咱这儿受苦了。""考大学是升状元，回北京做大官了。"我不知该说什么，上大学是个盼了多久的梦啊。

书记说："评语再咋议了，老师教的好嘛。我那个儿在谢老师班上，这阵儿闹学下字儿咧。"大家就乱将起来："这阵儿娃们长进了。""闹学下字儿了。"

队长把烟杆的烟灰叩到炕沿上，想说话："咳！"又犹豫了。停一下，笑了说："要不是怕误了谢老师前程，咱枣圪台再莫粮吃，一满白面清油管够，咱把谢老师养起。"有人应说："对着咧！"书记欠起身，说："那不能嘛，可不敢叫误了谢老师前程。"会场上都静了，众人点头附和，说："就是嘛。文化人前程重要了。"

于是全村一致同意："枣圪台欢迎谢老师出去升大学。"散会时，书记对宋文书说："我不识字，评语写不来。你看着给写一卦。愿写咋好就咋好。"队长就过来跟我说："谢老师，今儿黑地（今天晚上）到我窑火吃羊肉臊子面来。"书记听了，插进来说："唉，看说的！老宋和谢老师今儿黑地讲好到我那儿吃饭的。"队长就说："噢，谢老师，那你就明儿黑地来哦。"其他人听了，吵吵说："要请谢老师吃饭的人这下多了，队里得给排排了。"

我跟队长担心："小学校又该没人教了。咋办呢?"队长咧了嘴，笑眯眯地说："谢老师放心走，乡里人有办法了嘛。"

多少年后

多少年后，我在柏林工大，给Paper教授带习题课。上课的那天，我站在讲台上。看到下面一大群男女青年的眼睛，那是洋人蓝色的眼睛。我想到了枣圪台。哦，我那片小鹿小兔般的眼睛! 那些娃现在在哪里呢?

[1] 玻璃般的童音：言不尽意。古人这话对极了。"玻璃般的童音"，在心里憋很久，说不出来，是找不到表达的"言"。第一次读到"玻璃般的童音"，对这感觉的表达一下子如积水泄出，身心畅快。我使用了它，我得把引用注出来。那是汪曾祺老，在《徙》里，听孩子们唱校歌。一个同学喊："唱——校—歌!"于是，"全校学生，三百来个孩子，就用玻璃一样脆亮的童音，拼足了力气，高唱起来……"孩子们毕业，最后又唱校歌，又听那玻璃童音："他们唱得异常庄重，异常激动。玻璃一样的童声高唱起来……"。唉，汪老。让人真是喜欢!

椿树峁

唉，椿树峁。这小村儿一共九户人家，孤零零藏大山深处，远离其他庄子人烟。

从北京被派去插队的知青也九个人，四个北京三中的男生，外加五个丰盛女中的女生。

九户人家，屈指可以尽数。一户小队长吕，一户副小队长郭，一户会计刘，一个揽羊汉刘，两户社员郭四与郭大爷，一个饲养员老惠——光棍——实为半户，另一个半户只一个婆姨姓高，男人在外。这么算下来，六户加两个半户，怎么还缺一户？不记是谁了。有三头驴，一头已老，做不成驴了。有两头半牛，半头是小牛，也当不成牛。村里家家粮食不够，长年吃救济，钱是一分没有介。一下子被上面派下九个插队北京知青，说是落户，说是要在人家这儿扎根儿一辈子，好不吓人。

四十年后，姚建用 Google 地图，费劲找到大山中的那个椿树峁，坐那儿生气说：谁干的这缺德事儿？这么个大山里的荒村，才九户人家，派下去九个知青，要分掉人家一半口粮，让老乡还活不活了？

椿树峁叫椿树峁，想来是有椿树的峁。应该有椿树，可我没见椿树。或是说我就不太认识椿树，所以不见。我知椿树分两种，香椿和臭椿。我想椿树峁若有椿树，定是臭椿。因为若是香椿，村人定会将了叶子来吃。断顿时节，村人什么都吃，香椿美味，是不会放过的。可我们在队里，从没吃到过香椿，可证其不存于峁上。臭椿古文中见到叫樗，是庄周叫它出的名。《庄子》记樗，说那是庸材。那原话是：其大本拥肿不中绳墨，其小枝卷曲不中规矩。醒悟到当初被派椿树峁插队，是早有的暗示，应那庸材之数，倒无不妥。

椿树峁名分上划为万庄生产大队的第三小队，但远离万庄，它在万庄脑畔山上的北面。

你若是要去椿树峁，得从万庄村里向上爬。爬过最高一户人家，再向上，是一条蛇似的小道，曲里拐弯，伸向万庄脑畔山顶。

这小道儿太窄了，将容得下一只脚。你必得小心了，看了路，左踩一脚，再看了路，右踩一脚，要操心看着脚底，操心踩实了步子。雪雨天这路变得极滑，脚出溜，踩不住，一侧是崖，上下极是危险。

一登上山顶，就好了，上面平了。我每爬上山顶，便生许多精神喜悦。人站那里，大大喘一口气，登高望远，看四下一片空阔。长风西来，可解襟怀，荡胸中许多瘀闷。面前是山间相连的圪墚墚，山路拐绕着的土峁峁。前面没有要大上大下的路，顺这梁转那峁，路都展展着，好走。

这上脑畔山的小路，应该是羊走的道儿。它逼着你慢慢地爬，是椿树峁郭四的话："高山奏似怕慢汉低头摇咧。"郭四喉咙里总有痰，他把"就是"说成"奏似"。是啊，爬山低头摇，不要向上看，不要心有企求，这是大山教你行事。与那人生行路相仿，不存奢望，不生念想，就有快乐。你低着头，慢慢摇。摇一阵儿哟，你回头看下面咻，咳呀，很有了高度呢。窑洞柴垛，树啊人啊狗啊都变得小下来咧。

刚来的那一天，在万庄底庄，我们九个人的箱子行李堆了一洼。椿树峁副队长带了人来，后跟几个娃娃，接知青上山。我们看着椿树峁的来人，在地上纷纷铺开了背绳，将行李，将箱子，捆住背上了身。他们一个个弓着腰，脸贴到地面，背上重负，踏上脑畔山小路，向山顶慢慢摇。我们九个城市里的傻子站那里，仰了头看，个个目瞪口呆。

那是冬天，山上积着雪。跟在背箱子行李队伍的后面，椿树峁的娃娃带知青踏上小路。小路非常滑，因为有冻雪。我们挣扎着走，到半山，我们走不上去了。北京的鞋塑料底，不宜大山，脚蹬不住，身子往下边出溜，下边就是崖，很是危险。椿树峁几个娃娃猴子般上下来回窜，他们用脚顶住知

72

青下滑的鞋，把知青一个个拽住，叫脚底踩稳。我们终于登上山顶，坐那里喘气，每人都感觉丢了半条命。心里惊骇的是，这路，还有背箱子行李往上爬的人。

老乡的鞋都是家中婆姨自制，粗线纳的糙底，能吃住地面。后来，为爬这山路，我们从家里去搞胶鞋模压鞋。后来，我们熟惯了小路。我经常一个人走夜路回椿树峁，每回吃力爬上万庄脑畔山顶，看着前面平展展的路，我安心对自己说，嘿，椿树峁到了。好像前面的路根本可以不计。

四十多年前的一个夜晚，我们刚到不久，我被叫下来到万庄开队干会。那时我被指为山上知青小组长，领了知青读报纸学毛选。那天的队干会开到下半夜，散了会我一个人走回椿树峁。

队干会讨论的是"斗争隋国立"。这隋国立同学和我同班，椿树峁四个三中插队男生之一。前一天我们在大沟干活，他跟椿树峁队长老吕发生了口角。原委而今我都不记了，只记得后来彼此有言语不恭，吵激烈了。最后以双方宣布"你管得着吗"和"呃？你这流氓小子，我看管下管不下你兀的"而告结束。老吕告到山下，万庄大队决定收拾"不听话，调皮捣蛋那号"。那时"文革"未了，革命犹猖，被风气教唆，经常就要行斗争。队干会议了一晚杂事，"斗争流氓小子隋国立"为一重要议题，决定第二天开社员斗争会。把山上知青组长叫下来，为的商量配合第二天的革命斗争。

会开得满窑洞熏的烟，人都辨看不清。我坐那儿表情沉重，看着烟雾，没料到下山来是这会。我哼了哈了听，找机会解释，以为缓和。扯到下半夜，会散了，还是要行斗争。我往出走，听到后面叫一声："谢侯，不忙回呀。"我回头看时，见是大队长陈登和，问他什么事，他说是："则跟我走。"我随他后面走，走到他窑院。他把我引进窑，黑黑的，也不点灯。见他手伸到灶上大锅，大盖帘下面摸索，摸出个什么来。我们又一起出来，他把那东西塞我手上，关怀说："则拿上吃去，则拿上吃去。"月光下我低头去看，见是一块黑黑的麸子馍馍。这是件吃食，是好东西啊。我明白这是奖赏，相当于现在组织上发给奖金。

我揣好那馍馍，去爬万庄脑畔山的小路。终于又登上山顶，头上再没了山。空空荡荡，只剩个倒扣的夜空。脑顶上密密麻麻的星，是缀满天空的银钉钉，亮晶晶地闪，好像个个都有心灵。噢，那是一片晶莹的心灵。这安谧的夜晚，多么美好啊！望着美丽的宇宙，感到与这人世无涉。那完全是另外一个世界，让你忘掉你面临的人生，忘掉你前面要走的路。

我摸回到椿树峁，窑洞里三个男生正睡得昏昏。我叫起"流氓小子隋国立"，告他人家为吵架要斗他，叫他干脆跑吧。隋国立听了，立刻起来。大家叫他找些衣服穿暖，我把麸子馍塞给他："路上好吃。"我们都是知青，大家和他互道保重，情节像是侠客小说。隋连夜往北，出安塞，串各处北京知青点，跑了。

第二天，挨斗的主儿没了，斗争会没开。吕队长也不来问，万庄的大队长陈登和也不来问，就没任何人来问。大家好像都没这回事情，就这么拉倒了。我们惦记着隋国立，也不知这"流氓小子"跑哪儿去了。大约一个多月以后，隋国立晃荡回来了。吕队长见了他，笑呵呵地说笑。万庄队干见了他，笑呵呵地说笑。再没人提斗争的事儿，根本就没这事儿了。哈，这陕北，这陕北人，有趣！叫我心里喜欢。

吕队长个子大，在陕北少见。皮肤黑黄，身上干枯，没油没水，容易想到风干的硬肉。嘴上呲的长短胡茬，像一堆刺儿。左眼瞎了似地闭着，从不睁开。那样子不像陕北人，我怀疑是早先山西甘肃或蒙古鞑子地窜过来的汉人盲流、那儿的人说话倒也跟陕北口音类似。

老吕天天跟着干活，并不偷懒。但当队干有特权，是间或上面有叫开会，公社走上一回，有纸烟棒棒拿着，兴许在公社食堂，还能吃到碗羊汤面。开会记工分，好事儿。队里穷唉，特权也就这么点儿。我后来在底庄万庄，客串过一年大队会计，大队账上的现金流水二三十元，偶尔买包几毛钱香烟，招待上面官家来人。

好像这儿的规矩，队长不直接管生产。分配活，喊人上工，中间叫休息吃饭，都是副队长。队里遇事就开会，全村都参加，一个窑坐下了。山上种什么粮，如何分配救济口粮，队干和社员都参与议政，是古希腊罗马制度呢。

山野间绿上来了，农人的日子好过咧，绿的东西都可以吃么。秋天时节，山上更到处是吃食，这是万物滋润的时节。女子们的面色白润了，娃们的脸黑红，人们都脸色生动。山里这阵儿的日子，是好日子啊。

我们去收玉米，坐那儿休息时，三娃提议："谢侯，我来给咱烧玉米吃来。"三娃是个猴后生，是队长老吕的儿，不是亲生，是务益（收养）下的。他说这话时，偷偷看下吕队长。老吕吸口烟锅，看一眼三娃，又看知青。知青们都馋，都望着队长。吕队长笑一笑，说三娃："则去。"三娃，猴娃，还什么娃，唰地一下跑了。回来见弄得把干枝子，地上架火，点起来。眼看烧烬，往上面盖干的细土，大烟起来了。几个娃动作麻利，丢给知青掰来的玉米，叫说："剥玉米来！"一边动手掰。宝平、国立我们几个都上手，伸手到灰烬上方剥玉米，玉米粒落下撒到热灰里。两个娃捉的细枝枝作筷子，在灰上搅，将玉米粒埋到热灰下。不一刻，听到"叭叭"的大响，有玉米粒爆裂，从灰里跳出来。三娃把灰烬划散摊开，灰里埋的一堆豆，烤焦的黄皮皮，爆开的白芯芯。三娃叫说："好咧，则吃来！"一边夹起一粒豆，滚烫地丢到嘴里，大嚼。

知青纷纷效仿，捡了枝枝作筷子，到滚烫的灰里夹豆儿，和娃娃一起，抢了吃。捡大的，挑好的，满嘴黑灰，一片喧闹。那豆儿真香！酥酥的皮皮，软绵的芯芯，解饿解馋，嚼着里面吃到油香呢。娃们都吃得飞快，一粒粒丢到嘴里。知青们抢不过，甘拜下风。老吕坐一旁，看了笑，然后坐过来，丢两粒豆到嘴里，嚼着总结说："唉，好吃。"一边下手到热灰里，抓一把，连灰带豆儿，放给宝平。又抓一把热豆儿，放给隋国立。大家都惊骇，这手必是包了甲，如何这不怕烫。至今我记着那地里的热灰烤豆儿，它比我们在电影院吃到的大桶爆玉米花要香得多呢。

又记得是那个秋天，我们到地里收胡萝卜。那年椿树峁有回好收成哟，大人婆姨娃娃，全村老小，都拿了老镢来刨。胡萝卜裹了泥，直直一根根翻出土来，湿湿润润，透明的红色。人们刨土翻土，拾捡胡萝卜。四下响一片大声的说笑，地里到处洋溢着欢乐。吕队长刨出一根大的，又粗又壮，笑着举起来，对女生喊："刘艳玲、张燕华，吕大爷这根邦紧了吧？"女生们情影姣好，刘艳玲天真快乐，开心应答："邦紧！"男妇娃娃所有人，直是喜笑颜开。郭四儿也举了一根大的，笑着对女生喊："我这根大了，要我的了吧！"张燕华天真快乐，开心应答："要了！"地里更腾得一片欢笑。两根胡萝卜，空中划出优美弧线，向两个女生飞去。婆子们都笑着："这些北京学生，憨咧，甚也解不下去。"我看着记忆里的那幅画面，天上晚霞映了一片红光。大家立地里，每人手握一根胡萝卜，擦去湿泥，"咔嚓咔嚓"地大声啃，像迪斯尼童话，是一大群穿着褴褛的兔子。胡萝卜刚出土，新鲜饱水，咬一口，声音清脆，好吃！大山里贫瘠干枯的日子，抑不住原生欲念的旺盛。男女淫事的儿话（荤段子），放肆恣意不知羁绊，添来无愁无忧，让你轻易忘记岁月的艰难。

这是块让我惊异的土地，穷苦的日子，你容易看到欢笑。它让我在路上受益，慢慢学会解悟人生。

后来，延安方面做出决定：将河庄坪公社三个最穷队——万庄的椿树峁、枣圪台的仲台、余家沟的贺家山——插队的北京知青，全体调碾庄公社。"则去，好事儿！"椿树峁人羡慕着跟我们说："碾庄富咧，川面公社，有粮吃了么。去了能吃饱，还能分俩钱了么。"调离的是知青，农人们平静地留在了这块土地上。

我没有跟着去碾庄。我在那年下了山，归并到万庄队知青点里，成了万庄的人。

附记：改革开放以后，陕北弃耕还林，山上只准种果树，由国家发钱给农民，让农民买粮食。黄土山上慢慢有了梢林，有了长驻的绿色。后来乡里将椿树峁剩下的几户人家调到了万庄，椿树峁最终被弃。

一万米高空

一万米的高空，是云气升不到的地方，因而那里空无一物。长天万里，一尘不染。此刻，海航HU489班机正呆在一万两千米高处，唐老鸭似的探了脖子，匆匆向前赶路。在它前面，伸了一万公里的路程。

人坐在舷窗旁边，身心懒懒。向外面看出去，万米之上的那个世界，干净。只有空空一派的寂静安宁，与这人世无纠葛，因而迷人。

低头去看尘寰，脚下正积了厚厚的云层，密无间隙。云层平坦地伸展着，铺得无边无际。下午平斜的阳光，四射出强烈的光束，有如佛光普照。云层表面被照得阴阳分明，沟峦清晰，那是佛光在云层上犁出来的沟壑。沟壑千条万条，起伏交错。我明白，这是在向我复现心中的那幅永远的图像呢，我那曾经的陕北，曾经的黄土高原。那片不动的山梁，那片凝固的海。

这片错综复杂的沟壑，是在这高原脸上划出的苍老的皱纹，它刻下这高原远久绵长的忧伤。

我不能想象，在某个细小的沟壑褶皱的深暗处，会隐藏着一个草芥般的黑点，那就是我的万庄。而我如一粒微尘，正吃力地拉着架子车，和几个同伴，衣衫破烂，踯躅在这沟壑褶皱的小路上。

这画面，叫你理解渺小，体会短促；叫你认识永恒，感悟永存。这叫我生了恐惧，由此导出敬畏，升起臣服的心情，升起礼拜的愿望。我在心底为高原匍匐在地，长跪不起。我知道宗教必是源于这类倾情的崇拜。

忽然哪儿传了一声喝："他的尖儿，你大猫儿怎么不下？"把我生拽了回来。什么巨大渺小短暂永恒，都没了。前边德国人扭头去看，旁边德国人扭头去看，害得我也扭头去看。那是几个国内游玩团的人，在航班过道里，拉杆箱支起，玩起了扑克。几个人的言语张扬，似有权有钱。

我仍回过头去看舷窗，看我这片沉重的云层，这片在空中虚现的黄土高原。想到刘东生＊先生说：黄土高原是千百万年大风带来的尘土沉积而成。是了，我们就是大风夹带的尘土，四十年前冬季的季风。我们是一粒尘土，从高空飘落，撒到这片巨大的高原上，无声无息。不生根不发芽，无花无

＊刘东生（1917－2008）：中科院院士，研究西北黄土，被誉为中国"黄土之父"。最先提出黄土风成说的是德国地质学家李希霍芬。

果。沧海极短的一瞬，浮生已虚度了大半。只有这高原千古，印证着那造物的永存。

我是冬季到陕北，正如我是冬季到欧洲。这是两个都给了我深刻撞击的世界。这幅印象中的画面，该是黄昏，我应该是正站在西沟的沟口。

如果顺了那沟西望，你看到沟口如缺，两边高高向西，走着山势。旖旎的云霞，在西天上晕出来大片紫红，像流溢的波尔多红酒，醉人。

记忆中的沟口，四周正在慢慢暗下去。机舱壁灯也正在转暗，客舱里关下窗罩，把强烈的阳光挡在外面。客舱在进入夜航，脑子里竟有些迟钝。哦，这是剧场的灯光正在暗转呢。哦，是呀，大幕即将拉开，正剧就要开场。没有锣鼓，没有人声，没有观众，四周显了静。那山谷里，被投下幽蓝的阴影。沟底断续着的溪水，闪几块白光。从沟涧里升上来了凉气，是夜色上来了呢。

这时我看到了那座废窑。葳蕤的荒草丛中，立着堆黑乎乎的废墟。它静静地卧着，像只大兽，候在路旁，等我从它面前经过。

我们白天出沟时，曾钻进到那座废窑里。几截残墙断壁，隔出房间。正室侧室之间，通了带拱的侧门。锅台上铺的好石板，已经破烂。看着那锅灶，那土炕，和我们相跟着的后生来富，发话评论道：

"当根儿（当初）是眼好石窑来。"

我问："当根儿住谁来了？"

来富说："谁晓毬来？古时候来咧，就没人。都跑毬了。"

什么人，又何时，在这里住过呢？他们为何又"跑毬了"呢？

这时看到墙上有花草。仔细去看，花草围了纤巧的花边，是用的碎鸡蛋壳壳镶嵌出的美丽图案。不知谁家婆姨，这般巧心思巧手段，在这窑里镶嵌了这般美丽的日子。那婆姨必是兰花花，在这块荒蛮的土地，鲜红如桃。

这废弃，似是因遭变故的离去，极可能又是段血腥的故事。这在千年的中国历史，当属平常。同治年间，陕甘有大规模的民乱仇杀，会是殃及到这座石窑了吗？

烂窑静立在路旁，闭了嘴给我讲了故事，这故事被这堆烂石头写进了这片荒野。

"这窑不敢停下。有鬼咧。"来富催我们快走。

那会儿我们年轻，根本不忌惮鬼神。现听到来富说有鬼，赶紧问他："咋就有鬼了？"

来富看看那堆烂石头，说："拐沟的张富贵，还有后沟的李生财，都见来咧。"

有趣。我忙说："都见来什么了？"

"见人这窑里夜里耍明宝来，"来富捹了袖子，抹把鼻涕，郑重说道："一堆的人，点的灯了，明晃晃价。锅台上放的彩碗，炕上铺的好毡。张富贵那（ně，陕北话"他"的意思）跟了耍来。完后熬下了（累了困了），就睡。早上醒来嘎，一堆烂窑石头。锅，碗，毡，甚也没了。遇见鬼来咧，把那兀吓的！"

我忽然有了惦念，问："那见有婆姨来？穿的红袄。"

来富疑惑了："甚婆姨红袄？没听那说。"

不见有兰花花，有些怅然。又想到鬼里既不见，便许是遭难不死，逃生"跑毬了"，又有了些宽慰。古来兵燹战祸，女人遭强房，男人遭杀戮，枉送性命。所以才聚的这些冤鬼，阴魂不散，厮守这一搭，耍开了明宝。

克明跟我说过，那见陕北的耍明宝来。说：咳，好看！遇见了，切莫错过。说是一圈人围定，庄家将宝盒三指扣住，高举过头。众人都随了，将头扬起，看住宝盒。庄家小指无名指，将宝芯在宝盒里拨转，响哐啷啷介，揪人心肺。响声中宝盒落下，给地上扣住。众人整齐都撅起屁股，将头伏下，歪了，伸宝盒跟前，为要盯看宝盒揭开的那一刻。那一刻，一刻千金，关乎生死，叫人作喜放悲，销魂荡魄，着人癫狂哩。克明这一刻，站那里，说从上面去看，造型就优美。一圈屁股，齐齐高撅，若花瓣团团。众人头贴地，齐聚中央，若花蕊然。地上于是一老大莲花，兴高采烈，霍然开放，现出"地涌金莲"的吉祥。这莲花，须是同须弥座那莲花一样古老。它们都不死，都从迷茫的时光里，一路挣扎了穿越走来，而今给你指看它们活泼鲜明的生相。

克明说，他们那次看耍，是在去椿树峁的路上。人躲在个背山圪崂里耍，怕公社干部看到。去椿树峁的那片山，耍明宝好地场。少人迹，荒凉。我冬月天一个人从那里走过，还看到只小狐狸，小狐狸黄毛，带点儿红。一片铅灰的天，一片暗雪的坡，四野混沌无物，只着它这一点鲜色，衬得荒野悲凉，可入诗意。唉，那只小狐狸！我记得它明亮的黑眼睛。我追它，它跑开；我停下，它停下，勾勾看了我。远我百米，不弃不离。害我追出好几里，才明白了道理。叹了气往回走，再不回头，嘴里骂狐狸是妖精。

这高原，有狐狸，有狼，都孤独着，形只影单。它们对高原不可或缺，它们是高原游荡的魂灵。有回在深夜，我们忽听窑外一声尖叫，是"叽"的一下长声，声高维塔斯五个八度，静夜中效果恐怖。那是我们那只养不大的猪，临危会发海豚音的天才，同时听个破铝盆"叮咣咣"甩到地上，又伴两声"嗵嗵"的大响，之后，归于一片死寂。我们几个男生霍地炕上坐起，面面相觑，睡意全消。静听半晌，才爬起来抄家伙，虚张了声势，冲到窑外。窑外夜空清朗，孤独一轮月，贼亮，将院子照成白地。猪在猪圈里趴着，月下望着我们，傻乎乎，再无表情，跟它问不出个名堂。破铝盆是猪食盆，打翻倒扣在猪圈当中。老乡说，是来了狼呢，没得手，精得猴子样相，又蹦蹿了。

我常想，这些秃山头空山谷，没个草树，没个灌丛，能活几个生灵？真难为这些狐狸和狼呢，和这里人一样，活得不易啊。这片山谷，在清晨尤其空寂。清晨薄雾中，总传来"咕咕，咕咕，咕"的叫声。不知道为什么，这叫声使山谷愈发空旷，它把清晨叫得清冷，幽怨，这是山鸡在叫。古人伤于"深山啼杜鹃"，看来山鸡也促悲声。山鸡都胆子小小，躲山洼洼里叫"咕咕"。它们每两个"咕咕"一拍，最后用一个"咕"一拍作结尾，算是一句。我从来没看见过它们，但我天天听到它们在叫，这叫声含了焦虑，带了关切叮咛，像母鸡在叫小鸡，那是母亲在惦念孩子。这叫声，让人想念亲人。

　　好多年后，有回在巴伐利亚乡村，也清晨薄雾，我忽然听到"咕咕，咕咕，咕"的叫声。那真是叫人心悸的叫声，和陕北听的叫声一模一样。那只母鸡在叫小鸡，叫得人落泪，叫得人忽然强烈想家。我猜想，德国的山鸡和陕北的山鸡是同种，叫声都有发人怀乡的功效。古人咏了杜鹃，如何不咏山鸡了呢？

　　也许山鸡身上的肉太好吃了，因而惦着的主儿太多，狼啊，狐狸啊，蛇什么的。想来山鸡日子要更难，天天得有焦虑，所以那叫出来的声音就苦情。又想起来，那年夏天，还有蛇的故事。我们上山开荒，都见到蛇。陕北的蛇，土灰色，挺长。老乡都不去碰它，畏它如灵怪，怕恼了招来不祥。有次和副队长在山上走，忽然看见蛇，在前方脚下游走，甚急。

我待要上前，被副队长一把扯住，紧张了说："嗨，站下！不敢！"我们就等着，待蛇不见了影子，副队长朝地上"呸呸"吐两口口水，用脚踩了，又烂鞋揉一下，口水揉到土里，才拉我走。我猜那动作，有驱邪赶鬼的含义。有天，老乡来说，贺家山的北京知青陈卫，叫蛇给咬了。

贺家山是余家沟大队的山上小队，跟我们椿树峁一样穷。陈卫几个在山上干活，顽皮，不安分，抓蛇。陈卫用手抓蛇，一手揪住蛇尾，拎起来。蛇空中回头来咬，陈卫用力甩。数下，将蛇关节甩脱，众人喝彩。说是那天窜出来一条短蛇，甚怪，黑色，背弓起，一蹿一蹿地跳。陈卫不知厉害，上去一把将蛇尾捏住，却待提起，那蛇奇快，闪电般回头一口，恶狠狠咬在陈卫手臂上。陈卫"啊呀"一声，丢了蛇，翻身便倒。贺家山知青都不善，旁边蹿上来个王世伟，抢上一把捏住蛇尾，顺势狠抢，那蛇立时脱了节。再看陈卫，面色发绀，手臂明光光，肿如粗桶，已不能弯。众人都急了，说：祸事了，可咋好？有人知道些故事根底，指点说，快送黑庄。只有黑庄贺生发能救，那人能请知神神了。

我去黑庄时，已是几天之后。在王二他们窑里，见到陈卫。他一直在黑庄知青点养着，手臂上的肿消去许多，已经好多了。窑里正立一汉子，瘦小，黑瘫，钩鼻，巫相。穿一领烂袄，端一粗瓷老碗，倒的白酒。又取过火镰，啪的一响，见火花闪出，嘭的响一下，碗中腾起火苗，高可半尺，蓝荧荧美丽，有如鬼火。那汉右手四指并拢，去碗中一舀，手掌上舀出一大缕火苗。一手拽起陈卫手臂，将手上那火在陈卫手臂上反复揉擦。那火揉碎成许多小火苗，随揉擦来回跳跃。火焰薄如丝光，将手臂裹住。想到古人图腾的龙蛇，腾空时周身火苗缭绕，大约就出自对这类印象的想象。那汉子揉两下，待火苗走散，就又去碗中，舀大缕新鲜火苗，将那根手臂直揉得火光闪闪。如此反复，甚为奇妙。王二告我：这汉子便是贺生发。

我悄悄问王二："他不跳神神？"

旁边蹲着的黑庄老乡吃着烟锅子，头不回，嘟囔的一句："跳了嘛。不跳能验了？"

王二作知根知底状，说："他偷着跳，可能还使了草药，是秘方。"

我问："他有三环叉了？有家伙事儿？"

王二含糊着："有了吧。"

我后来有了机会，听陕北歌王王向荣唱神官调，那歌调词句都有年代："嗬——嗯，手摇（那）三环飒啦啦响，游游玩玩到西方。"

搞明白那请神跳神的神官，要根基要功底。神神们自在高天逍遥，要请要迎，正经要唱得给吃给喝。再要拜要攘，完后，要散粮草，唱发送。请的神，搞不好来自各个部门，都要有香火消费派到：

"哦嘀哎，嘿吔嘿吔，嘿哎，左参的神是右参神，早参的君王晚参的兵。早参神神受香烟，晚参神神受金灯……"

歌着舞着。前面用的喝吼嚎叫，做起首，是打招呼。接下来，歌唱着交代给神神的各种福利待遇。

王二前二年告我：黑庄贺生发过世了，"没病，老毙下了（老死的）。"贺生发如何得传的巫医这好手段，已不可考。反正最后给陈卫整治好了手臂，没落下病根。想到前两年见过陈卫，活蹦乱跳。想这高原，自有它自家的法理，更自有它深藏的魅力。不经意间，总是让你触到了远古时的影子。影子影影绰绰，来处杳不可辨。想洪荒时期，巫医生而一体，用神秘与畏惧滋养了古代鲜艳的文明。而今这高原在点拨你知道，那人类远古根系的坚韧，顽强如旱地的野草，扎在人灵魂的深暗处。它存活过去，存活现在。会伴人类，存活永远。

记忆中陕北冬季的老阳，此刻正暖烘烘地压在身上，没法不让人入睡。我知道身子正升在高空，心正在高原游荡，都距这摩登的时代遥远。想到那只孤独的狼，在月夜，要发出悠长的嗥叫，呼唤远古的影子。

我觉得人真的是乏了，厌倦了。于是身形缓缓，轻虚如烟，和记忆一起，袅袅而旋起。待回看那陕北，已然渐远渐杳，不知所之。

人睁眼时，已经回到了机舱。机舱壁灯重新大亮，提醒你记起尘世的蝇营狗苟，于是坐稳。从万米高空，端正了，又去向下张望，看到下方一片的浓绿。浓绿中到处点点洋房，漂亮的红顶白墙，已经是在了欧洲。

这时头顶听到播报："二十分钟后，飞机将降落在柏林Tegel机场。请大家系好安全带。"是空姐儿的女声，音色柔美。

烧　酒

　　说某人是个酒鬼，在德国，是件很丢人的事。我一个熟人安德丽娅，因交往多了，无话不说。有一次不知怎么和我说起她的父亲，忽然叹起气来，红着脸压低了声音说，"发展到后来，我说了你绝对不会相信，他竟然变成了个酒鬼！"那架势是极严重的家丑，很见不得人的。

　　中国人在人面前说出自己是酒鬼，能喝爱喝，小事一桩。尤其是诗人，还争着做酒鬼。而且好诗一般都是要先喝后作，或现喝现作的。以李白诗里招出来的情节，都是酗酒，这在德国，家里人一般是要去报警的。中国诗人们却都得意地写进诗里，后人也都钦佩得五体投地，那是社会公认的豪举。而德国的歌德席勒什么的，诗里都不招惹酒这个词儿，更不敢宣称作诗得非喝酒不可了。

　　我印象中洋人的烈酒好像都是烧酒。用葡萄搞出来的是白兰地，用大麦芽做的是威士忌，用酒精兑水，大概就是伏特加了。好像他们就没有麴酒，有次把中国的茅台拿来请德国人喝，他们说："有股奇怪的味儿。"

洋人吃饭的时候无烈酒佐餐，要等饭吃完，主人才把烈酒拿出来。往往会是各种烈酒，威士忌，白兰地，干邑（Cognac），罗姆，琳琅满目的。这是主人向客人展示收藏的好机会。品烈酒的活动不在餐桌，更多是在客厅里进行。烈酒是干喝，无下酒菜。大家举了酒杯，简单祝一下健康，或是快乐。没有干杯一说，各人随意，也不劝酒，更不强人饮醉。

记得一回在纽伦堡附近的小镇菲尔特，傍晚时分，恒施克先生请我到他家做客，他是当地一家国际工业咨询公司的老板。饭后坐在主人阔大的客厅里，透过落地大玻璃窗，看到花园里的小池塘。恒施克先生跑前跑后地忙，出去把围绕池塘的地坪灯全打开，又回来把客厅灯光调得晦暗。待气氛安置停当，他拿出了他的烈酒，那一堆瓶子在昏灯下五光十色。恒施克先生得意地选出一瓶，说："我们来尝尝Courvoisier，法国的。"他说Courvoisier那个词儿时夸张地使用了法语。

取来专喝烈酒的酒杯，那杯子也有讲究，照规矩得是矮脚广肚窄口。恒施克先生浅浅地斟了两杯，递我一杯。我把酒杯举起来，见他忽然竖起一个手指，说"等一等"。放了杯子，跑过去把音响打开，放了一张光盘进去。一支古典钢琴曲，优雅地从暗处升起来，一大串琴音叮咚，珠宝般晶莹华丽。恒施克先生立在那里，作倾听状，尔后歪头耸了下肩，那是种OK的表示，这才回来重新拿起酒杯。"哥德堡变奏，巴赫，"他眯了眼，微笑着对我说："是Glenn Gould*弹的。"然后举起酒杯，祝我快乐。

酒很棒，干净，清爽，热烈不辣口，酒香里透了种绅士派头儿。我们都不讲话，任巴赫荡在空中。我托着杯子慢慢地啜，珍惜这好酒。干邑酒那种透明的琥珀红色，像朵小火苗儿，在杯中摇晃。恒施克先生腆着肚，手托了杯底，呷一口酒，就一串巴赫，在客厅里游来荡去。你感觉那纯粹是另一种文化。

中国老百姓生活里，喝酒就是喝酒，直截了当，不搞这些铺垫。想起小时候在北京厂桥，帮家里去路边小杂货铺买油盐杂物。小铺里兼卖烧酒，略备些下酒物。小铺角落里放着张小桌，桌边常见坐个拉板儿车的汉子，胡茬花白，裤脚挽起，露了腌肉般的干腿筋。面前放二两白干儿，一小碟儿煮花生米。看他伸手到小碟，每次拈起一粒花生米，丢到嘴里，大牙黄白地嚼，再拿起白干儿抿一口，"嗞儿"的一声酒吸进去，"哈"的一声气儿吐出来，那是种真的享受，化忧愁解烦恼，其乐融融的。你感到这就是日子，简单，实在。一

---

*格伦·古尔德（1932–1982），加拿大钢琴家，其演奏巴赫之"哥德堡变奏"被誉为该曲目的第一收藏。

毛来钱，买阵快活，滋润。

我儿时受家中管束，无缘烟酒。父亲书生一介，煮一壶清茶，书窗下做他的事情。"文革"卷过来的时候，家中遭了变故。我离了父母，游荡到社会的各种角落，就喝到了烧酒。

第一次喝烧酒，是在陕北。那个冬天，我作为知青，被发送到陕北延安的一个小山村里去插队。记得有一天收了工，我们几个知青从山上下来，看见村里的老红军李大爷披个烂袄，拐着腿脚迎面走上来。他神秘兮兮地捅捅大家："今儿黑个到我窑伙里来，有酒咧。你几个北京学生，不敢漏掉一个，都要来啊。"

李大爷生得瘦小，穿着稀烂，却属山村社会的VIP级人物。他本四川农民，三几年红军打他家乡过，就跟了队伍，后来还经过长征。队伍到了陕北搞缩编，上边发两块大洋，把他送到现在我们插队的这个村子来，又当起了农民。后来由村里做好事，相帮着给说和上一个傻女人，没用出钱就成了家。因为是老红军，县里民政局每月还通过公社给他发两元钱补助金，是村里高干待遇。虽然不识字，村里开会讨论分救济粮时，他嘴里能蹦出不要陈独秀右倾张国焘分裂什么的来。村里人都张了口傻半天，搭腔不得。

那天晚上，我们如约去老红军家。李大爷的傻婆姨堵在窑门口，憨憨地笑着欢迎大家。李大爷把婆姨拉开，邀我们入席。山里人窑洞里没有桌椅家具，睡觉的大炕占了半个窑洞，炕前连着锅灶。客人被邀请，都是坐到炕上。因为体弱多病婆姨不强，李大爷的窑是全村最破的。我们照规矩，都盘了腿，围一圈儿坐到炕上。土炕上无毡无垫，薄薄的一张席，脏兮兮的破了大半张边角。炕下挤了群看热闹的娃娃。

李大爷端了一碗煮洋芋条子，郑重地放到大家中间。自己也爬上炕来，挤到我旁边坐好。他把小油灯拿来挑亮了捻儿，又给每人递双筷子。尔后从身后摸出一个瓶儿来，举了灯下拿给大家，"酒！"他得意地说道。兀自将瓶子举到自己嘴边，仰头"咕咚"灌下去一大口，抹下嘴，祝词简单："则喝！"伸出手来，把瓶子口擦抹了，转过脸将酒瓶举到我面前。

我接过酒瓶，瓶上没盖子没商标，是村里供销社打的大铁桶里的散装酒。后来我猜那是用地瓜皮或白薯叶子酿的烧酒，便宜，真正的烧刀子，辣得邪恶，外加一股子铁锈味儿。我还从没喝过烈酒，从小读的书又误导，把饮酒写得美好，于是学了李大爷的样儿，瓶口也对到嘴上，想着大概是类似喝桔子水，"咕咚"一大口直接灌了下去。哪儿料到一股辣呛得凶恶，上刑似地猛喷到喉咙上。脸憋得通红，胸口几乎换不过口气来。我记不得是怎么把瓶子传给了下一个人，好像听李大爷和大家一迭声的混乱："快叫吃上口洋芋条子。"当时只记得剩了一个惊讶极了的印象："酒怎么是个这么难喝的东西？"

因为是冬月天，地里无甚活计，山村里就赶着办上些红白喜事。不论哪家操办，都把知青请上。早上起来，听峻冷的空中悠扬着些咿呜的唢呐，哪个小院儿上头腾了大团的白烟，院墙里外都站了些看热闹的婆姨娃娃，那便是小山村有庆事的标志了。进院门，会看到角落里打着堆篝火，篝火边蹲踞了三五个寻吃讨饭的汉子，都穿得褴褛，都手指冻得粗红，都拿了唢呐下劲在吹。小院儿里满是帮闲，窑里窑外地乱窜。露天里摆两三张桌，长条凳上缩着吃客，都袖着手等候。四周稀疏的雪花，添乱似地在空中上下飞舞，并不落下地来。那记忆至今很是美好。

书记队长和知青都是第一轮入席，有主家陪着。就餐时，身后挤一大群看客。规矩第一碗菜都是肉菜，白灿灿的大肥肉块子，三指或四指厚的膘。肉是煮过后再炸，肉皮上满是燎泡。山里人粮不够吃，常年的白水糠菜，这肉膘咬下去兜一满口的肥油，那快意像甘霖滴进了裂土。

这碗肉菜是一场吃喝活动的重头戏，席上客人每人起码得能保证吃到一块肉。肉块的大小视主家的贫富加慷慨程度而定。第二碗菜一般档次大跌，是用煮过肉的汤拿去熬的酸菜豆腐。主食却是一水儿的精粮食，白面或小米都不掺麸子和糠。

随菜端上来的就都是烧酒，延安烧或安塞白。比大铁桶的散装酒要好，是正儿八经的粮食酒。酒用粗瓷大碗盛着端到面前，耳旁响一迭欢声："咳！则下力出劲喝！今儿个烧酒管够咧!"

唉，这沉淀在我心底里的陕北小山村儿，而今是那么的遥远。那儿的岁月如山，古老悠长。我就这样在那儿喝上了烧酒。

然后我离了陕北，遇到各样的人，喝过各样的酒，但我顽固地喜欢烧酒。其他的酒，里面的东西都多余，累人。不如二锅头高粱烧来得干净，直接地给人快活。

而今这许多喝酒的印象已混乱，奇怪地只记住了那一个冬天，我在哈尔滨街头喝了一次烧酒。

那个晚上，零下四十多度。狂风里漫天的鹅毛大雪，哈尔滨市街的路上不见一个行人。一根电线杆下停了一辆小货摊车，车把上挂了个风灯，透出的光微弱，在风中哆嗦。

我走过去，见一个汉子两手拢在袖子里，胡子眉毛满是冰碴。我问他卖什么，回答竟然是：烧酒和雪糕。雪糕冻得砖硬，撕不开包装纸。烧酒装在车上的什么桶里，还是散的。我实在惊讶东北这地方怪事儿，就问他："有人买吗?"他说："天儿太冷，街上没人儿。"我好奇，又问他："没瓶子你怎么卖酒呢?"他说："我有个缸子，"于是抽出手，哪儿摸出来个大搪瓷茶缸子，迟疑地问我："老哥，买点儿喝?"看着漫天的大雪，我忽然觉得遭遇奇妙，于是说："来二两，"马上又改口说："倒半斤吧。"

那人兴奋得很，在风雪中折腾了半天，倒出一茶缸子酒递给我。我分几口喝下去。那酒辣口，却也喝得飘然，肚内感到烘暖，飞雪都近不得身。我又要半斤酒，却把缸子递回给那汉子，说："天太冷了，您也来口儿吧，我请客。"他愣一下，很爽快，说："嘿，谢谢老哥了。"接过茶缸子，仰了脖儿，几口把那酒全灌了下去，"啊"的一声吐口长气。一口东北腔，哈尔滨本地的："大冷天儿整口烧酒，闹一缸子，贼带劲儿！"我笑着看着他，称赞道："好酒量。"又劝他说："这么冷的天，等也是白等，不如早点儿回家吧。"

因喝了酒，两人口中的热气喷出来，化成白烟，融了满天的飞雪。

那天我迎了风雪，懒懒地往回走。街道寂静，四下一片圣洁的白色。酒过微醺，腾上来那种晕晕乎乎的感觉，荡得人六根清净，一时间脑子里万事皆休，余一片悠然的安宁。

我慢慢地想到德国，客厅里的恒施克先生，想到厂桥小铺里的板儿爷，想到延安窑洞土炕上的李大爷。人这一世，每个的脚下，走的路真是不同呵，可是酒杯里都斟着自己的那份欢乐。

我回过头去，看来的路，雪中静静地留着一串脚印。向远望望，黑暗中，无声的飞雪，恍惚片片白亮。好像是看到了电杆下的那盏风灯，又好像是没看到。我不知道那人回去了没有，我希望他是在往回家的路上。天太冷了，他在风雪中是等不到买酒客的。但我眼前依旧摇晃着那盏风灯的光亮，像那人心中固执地存着的一点儿不灭的希望，最宜在风寒中暖人。

我至今仍记得那人的烧酒，质低价廉，烈度却还是不错的。人行风雪中，酒确乎是这路上的恩物啊。

关于吃的故事

　　我那会儿特馋，馋得不像样。好像在什么文章里写过，都是因为插队时候饿的。在陕北山里边，粮不够，又整年没几滴油，知青王二经常用的《水浒》的话是：嘴巴里淡出鸟来。

　　不记那次是怎么回事，队里死了只羊。

　　羊不大，不好给社员分，就把肉给了知青灶上。

　　哈，那叫过节！可惜这节就够过一顿的。羊肉总共也就割出来一小盆盆，统放个大锅里煮。看能找到什么佐料都叫放上，盐，葱姜，辣子小蒜，酸菜的帮子叶子剁了，洋芋胡萝卜切块儿。煮出来一大锅，肉块子总是不多，但是香！唉，肉块儿，吃着和吃别的东西就是不一样。

　　知青们都围了锅，盛肉舀汤，盛小米饭，散在窑里，大吃一气。人人脸上出油嘴上放光。

　　郭大娘走过来看，说："唉，这些，把些肉一顿吃完价，"接着跟我说："不留上些，抹些盐，则慢慢每顿叫吃上些？"我捧了碗，正喝那羊汤，锅里肉早没了。那汤大滚做乳白，腥膻油腻，鲜香浓烈，大口喝着，将一肚子肉缓缓压下去，舒服。听了郭大娘说，就笑，说："这点儿肉哪儿够啊，根本留不下来唉。"

郭大娘就叫女生去找那块羊油。这羊肚板上有块油，白白的不大。熬汤煮肉时，大家全神贯注，谁也没管那块油，都一心想着吃肉。现在吃得停当，才静了心，想起它来。郭大娘叫把油切小块，前灶架小锅，放里边熬。油熬出来只一碗，淡淡茶水的颜色。郭大娘取来根麻绳绳，半尺多长。弯了绳绳，将两个绳头都浸入到油里，说："你们解不下做。"

候多时，羊油凝上了，竟是硬硬的，呈半圆的一块，是那碗的形状。我才知道，羊油凝固，比猪油硬得多。颜色雪白，像块瓷做的石头，摸上去手都不沾油。那根绳凝在了油里头，露的个绳圈，正好提起。郭大娘拎了，把油挂到锅灶旁支着木架的枝子上，说："羊油好东西，留下慢慢价吃。"那木架是我们用来放瓶子盆子的。架子满是黑黑的烟土油泥，羊油白白的挂上面，很是显眼，觉得几分美观。

之后的一段日子，我们做菜有羊油。做饭时，将前灶菜锅烧起，从架子上取下羊油，手拿了，在热锅里擦两下，锅就亮起来，有一块薄薄的油光，顿时出来精神。赶忙将羊油重新挂起，不可多擦，为的长流细水。再锅中向油亮处撒把盐，那菜就增出来许多味道。

我们那时吃得嘴刁，对油敏感。有回收工回来，吃L女生做的菜，口中无趣。我对她说："今儿菜不香。"L冲我笑，不好意思说："唉，今儿我做菜，忘了擦那块羊油了。"我叹气。女生对味道的阶级感情不深，羊油怎么会给忘掉了呢？

没多长日子，羊油擦没了。我们又过那没油的日子，而且不够吃。中国老是没吃的，害得人人老想吃。不管见什么东西，看的想的都是它能不能吃，好不好吃。我们有最奇妙的词语，叫秀色可餐。连秀色美色都想着要吃下去，世界上有哪个民族能说出这样的吃话来呢？

回想那时人呆在窑里，有过许多先进思想，应该很具商业价值。比如我那时候奇怪，想那些做香水花露水的，整天在花香上讨主意，怎么就没想着把红烧肉糖醋鱼的味儿，做成雪花膏搽脸油呢？你不妨试想，小姑娘涂上一脸黄焖鸡味儿的雪花膏进来，那得多讨人喜欢？你肯定会想咬她一口，那是真正的秀色可餐呢。

那一回，是去走了一趟延安城。当然是八百年有那么一回。大山沟离延安遥远，去一趟不易。见延河大桥桥头，小凳上坐个老头，手脸酱色，印度人似的。面前架的一个方方的玻璃罩子，两尺见宽吧，里面摆一排鸡腿，一排鸡翅，都卤得酱色，跟老头手脸颜色一致，下面垫的过期报纸。盒子上放个马灯，大白天点着亮，火苗在里面晃悠，那是招牌。

那时候根本就不见卤肉卤鸡，都是资本主义。商店没有私人的，国营店架子上空的。这老头如何安坐在这里，不遑细想，卤货让人快乐。我上前蹲下来，问他鸡腿什么个价。老头伸出手，岔开五个指头，也是沉着的酱色："两个介。"这是说五毛两个。天，两毛五一个，这是天价，也太资本主义了。市场街工农食堂一盘回锅肉三毛五，比它才多一毛，不过那份回锅肉里掺的许多青椒片儿。

我吃不起，站起来走。坚持想着那鸡腿可疑，它太小了，比小指头长点儿，不会是鸡的腿。乌鸦喜鹊的或许？可是一路都在想腿。饶是鸡腿那形象，太过可爱。直直一根琵琶腿，放嘴里，一团肉撸下来，一根棍儿拉出去，该是多香！又渐渐觉得老头那鸡腿包着的酱色卤，也变了可爱，认定那该是至味。

回到队里，去到山上干活，有了单恋的相思，暗暗总在想那腿。那思念持久绵长，心里是刘半农赵元任先生唱到的症状："啊，风儿吹乱了我的头发，叫我如何不想她？"

终于有母亲寄了鞋来，说还顺带放了两个元钱。S同学也有包裹，我便和他都去请假，一同走城取包裹。路上我兴奋，给S同学形容，说大桥鸡腿味美无比，那架势是我已吃过。我说我有钱我请，五毛钱两根，咱俩一人一根。我们兴冲冲走到大桥，环顾桥头桥尾，不见老头。有了钱，可是没了腿。想起儿时记的句子："不见去年人，泪湿春衫袖。"手在兜里反复捻着那张票子，心儿惆怅。于是心潮澎湃，如滚滚延河水巍巍宝塔山。

后来许多许多年，我都对着琵琶腿生发感情。看到它，鼓鼓的肉，形体渐次减小，收至一根棍儿处，骨头朵怯露些许，就容易动情。会想到延安插队，会想起那些岁月那段时光，想起那日的延河大桥，就心潮澎湃。那是刘半农先生的最后感叹："啊，西天还有些残霞，叫我如何不想她？"

大桥上的琵琶腿。唉，虽然没有吃到，却将思念留在了心底。那些画面真是美好。

快到年根儿的时候，冬天，山上没活儿，队里好请假，好多人都跑了，回北京探亲，北京到底还是能有些吃的。大家有买票的，还好像有搭车的，有扒车的，有长征的，反正许多知青都神通。我不用回北京，父母的研究所下放到了陕西蓝田。我回家探亲去蓝田，比别人回北京要近许多，路费也便宜许多。

那时出陕北回家探亲，先要到延安城，在那儿坐长途汽车到铜川，在铜川就有了火车。延安去铜川的汽车早上五点多发车，开近乎一天。下午到铜川，去赶下午晚些时候有一趟开西安的火车。

我们在延安没有熟人，城里没法过夜。回家的人都是直接从山里出发，晚上不睡觉，半夜知青灶上饱餐一顿，跟大家告别，连夜走山沟走川道走延安，走到早上三点四点，去坐五点钟的长途车。

我收到家里寄的路费。头天晚上知青灶上喝许多小米粥，又揣上块玉米饼子，跟灶上盘的两斤小米，装个布袋里带回去给家人。又和队里知青说再见，他们也走，只是要迟几天。看看半夜了，推门出来，见山月明亮，山路明亮，心中安定。迈开脚步，出了庄子，沿西沟走出去。

那回出发已经是下半夜了。一个人静静走着，一轮清月悄悄伴着。几十里山路上没一个人影，整个这世界上就没一个人影。这意境，许多年许多年以后，它变成了心里的延安精神。

过天塔村，前面就快走到黑庄。忽然见路旁边立了一棵半截子枯树，略粗，没有了枝杈。我不记得那里有树，想想记错了罢，就从树旁走了过去。那树忽然动起来，身后一个低沉声音："个谁家？"我脚一软，差点坐地上。回头看，月光下竟立着个老汉，裹件羊皮板筒，直盖到腿脚，反穿着，树皮似的。月光下没看出来，把他当树了。我说："嗨呀，你把人吓死啦！"他又问："谁家？"我说："万庄椿树峁的，知青来。"他倒说我："你把我吓的。咋这阵儿往出走来？"我已然镇定，就说："走城。回家探亲，要赶汽车了。你个哪搭儿的来？"他说是黑庄的，是个谁家，贾家米家折家？总是黑庄那三大家，而今忘了，他下半夜是去干什么也忘了。总之那次他把我吓死了。下夜在大山里走，山道上不可能有人。突然冒出来个人，那肯定见的是个鬼。

五点钟天还黑黑，延安长途汽车站里乱成一片。我终于上了车，那座位窄窄一点点地方，也不管不顾，头搭在前面椅背上，懵懵大睡。人走一通宵夜路，又吃了惊吓，困乏得不行。长途上睡一路，浑不知司机开到哪儿了。只记中间打尖，说叫下来吃饭。我懵懵懂懂跟了众人下来，看看是什么个路旁小馆儿，卖什么饸饹，炒洋芋条条，羊腥汤，都黑黑的。就不吃，把自己玉米饼子掏出来啃了，又到车上去睡。最后听到一片嚷，说是铜川到了。睁开眼，看看天色昏昏，已经是下午了。

铜川火车站是一个大房子，临着条大马路。房子后面就是站台，有许多铁轨。揉揉眼睛，人清醒了。走到车站，去到窗口里买了西安的票，说要过一个多钟头以后车才开。火车就停在站台上，看得见，是一串闷罐子货车，铁锈得褐红色。车门侧开，铁锈的大推拉门，从车顶通到车底。门大敞着，见里面黑洞洞，地上坐好些人。

走出车站，过了大街。对面是个饭馆，挺大，国营，一头就钻进去。见菜板上肉菜，比延安丰盛太多，过油肉回锅肉红烧肉酱爆肉这些都有。还有个糖醋里脊，赫然写在那里，价格最为昂贵，竟要六角五。我摸着兜里，有张母亲寄的五块钱大钞，觉得底气。

开票处挤许多人，根本就没人排队，都在挤。费半天劲，挤进去，要了过油肉，要了红烧肉，没有米饭，就又要了馒头，想想够了。虽然糖醋里脊很馋人，但想着太贵。交钱时候，忽然起了邪念：机会不容易，就这一回，过回瘾吧。刑事上对这种临时起意有说法，叫激情犯罪。就跟开票的小姑娘说："再加一个糖醋里脊。"小姑娘翻了眼睛，向上横我一眼。那眼睛很好看，我想到的是糖醋里脊。

两份肉菜很快就来了，我坐那儿吃。肉菜很香，就了馒头很过瘾。不一刻，一扫而光。但糖醋里脊不来，催几次，也不见，就又去要了个馒头，等着。想着是那菜太贵，没有人点，怕要单独做什么准备吧，所以慢。

这时见同桌坐的两个人抹下嘴，都站起来，嘴上说："快走，到点儿了，火车要开了。"我听了问他们："你们哪趟车啊？"一个人看了我说："哪趟？下午就一趟车，去西安的。到点儿了。你没听哨子响？"这时就听车站那边，果然"嘟嘟"地响起了哨子，那大概是准备发车的信号。

我吓坏了，腾地站起来，冲向开票小姑娘："我火车要开啦，糖醋里脊我得退啦！"小姑娘说："已经给你炒上啦。你去跟灶房催去。"

我一下冲进灶房，呆住。灶上熊熊大火，火苗蹿数尺高，到了房上。一胖大师傅，炒勺火焰中，"叮咣叮咣"颠炒，锅中金黄油亮。灶房里一派金红，光芒万丈，人脸映山红，就像幅油画，题目该叫：火红的年代。

胖大师傅回转身，"哐当当"里脊扣大盘。满满一堆，给的好分量。这糖醋里脊！做得漂亮。肉块炸成一块块黄金，糖醋汁如蜜，是流质的琥珀浇黄金上，晶莹明亮。

我道了谢，端起盘子就跑。大师傅看着笑。

到了厅堂，很是作难，没有东西装，没法拿走。那时饭店还都没有打包带走这一套把戏。先顾不上，抓两块里脊，塞嘴里。一口咬下去，一包热油滋出来，结结实实烫在喉咙上，疼得人一哆嗦，却心里快活：真香啊，这么多油！口中急急地嚼，嘿，肉嫩的，酥的，油的，酸酸甜甜的，外壳微带了焦脆。咳也，太好吃。

我一边把圆馒头掰开，堆满里脊，夹好。看看盘子里还有好多，抓了塞嘴里，又把余下几块抓手上，也顾不上油啊烫啊。心里有很悲伤的感情，大山里头的日子，那么缺油缺肉，这么好吃的里脊，机会多不容易啊，扔了就太可惜了。那肉挂满油汁，刚炸出锅，烫得嘴也痛，手也痛。就去想黄继光焦裕禄，敢于抱炸药。

我一手捏着馒头，一手的肉，背上是装着小米的包。人窜出饭店，一边嚼着拼命跑，跑过街，冲进站台。进站口小栅栏门开着，没了检票的。火车已经滑行开动了，闷罐车大铁门是一直敞着的，一路都不关。听到一片哨子响，听到一片厉声大喊："站下！站下！"我箭步上前，一个虎跳，应该跟足球滑铲类似，飞进车厢，栽到地上人的身上。那人大叫："咋往人怀里撞呢嘛！"看是个婆子，赶紧挣扎坐起，跟人家紧着道对不起。

手上攥着拳，还握着那把肉。

算是虚惊一场，想到的是电影台词：阵地保住了。李玉和转移了。阿庆嫂得救了。

这车厢地上坐的满都是人，我寻个角落，也坐地上，静下心吃那份糖醋里脊。先把手上那一把肉吃光，手被烫得红红，更满是油腻沾粘，但是心意满足。又去慢慢吃夹肉的馒头，这时就觉得喉咙异样，嘴里喉咙里嗓子眼里，都烫起来了大泡，心里知道坏了。

到了父母处，父亲大皱眉头，说人得要有点自制，说人不能馋成这样。母亲叹气："你那插队都什么穷地方嘛，馋得人要变成这样？"我每天去研究所医务室，嘴里创面一直不愈，疼得睡不着觉。嗓子严重感染，喉咙大发炎，腮帮脖子肿起。天天去打针，青霉素链霉素。人只能慢慢吃流食，折腾大半个月吧，才好了。

事后回想，这份糖醋里脊有问题，用的不全是里脊块，掺了许多肥油块，那还不是肥肉块，是大油。大油块拌粉，炸得结壳酥焦。在那个没油的年月，它混在里脊肉里边，格外的晶亮焦香，更挂了酸甜，甚助了味道。只是刚炸完就吃进去，大油要比肉烫，造成的伤害也大。

但是，后来我再没见过那么漂亮的糖醋里脊了，再没吃过那么好吃的糖醋里脊了。

想起大山深处

一

你最好是在傍晚赶回椿树峁。

那时你会是在黄昏登上万庄脑畔山的山顶。你眼前空阔，心头忽然没有压抑。站在山顶，许许多多的山头，向着四面八方，在匆匆离你远去。

夏季里的某段时光，那里几乎每晚都能看见晚霞。西边粉红的天幕，蒙一层薄纱般的金辉，丝光闪闪，异常柔和。这使得云霓华贵，绚烂得像在宫廷。你满眼金红，身份尊贵，置身在豪华的空中。

我每逢这时，耳中会有歌声，像是儿时存于脑海中的胡乐。伴歌声响起来的，是长箫是木管，是胡笳，音色沙哑苍凉，最宜黄昏落日。

很小时候，有看印度皮影的记忆。怎么会看上的，在哪儿看上的，什么内容，都早已忘得光光，只记得些影像。那个皮影人物，挂大串璎珞，遍身镂空雕刻的花纹，纹路奇异陌生。儿时只懵懂知道，那人要走了。现在想来，似是要黜放流亡，要背井离乡。离别时刻，皮影大布上红光满天，云蒸霞蔚。幕后女生齐声吟唱，歌声旖旎，悲伤而悠扬。那是外乡的胡音，伴着异域的西天黄昏，伴着呜咽的箫管胡笳。

儿时记忆一直存了这奇怪影像。觉得有一天，我独自远行在外，归家不得。人们悲哀地和我道别，身后是旖旎的歌声，前方是完全陌生的土地。

而今独自一人，在这去椿树峁的山顶上，有异样的感觉。似乎应验了，看到了儿时皮影中的云烟。

许多次黄昏里上山，我便坐那里，望西天流霞，听那旖旎的歌声，并不急着回村。到暮色上来，红霞褪尽，深谷泛起了青蓝，才站起身，沿了山顶弯曲的小路，向椿树峁走去。

二

陕北的山是黄土的秃山，山上一般没有树。如果长了一棵树，就很显眼，十里八里外都能看见，所以才会有消息树故事。

我们在大北沟的南山上干活，在那锄谷子。地里既不浇水也不施肥，谷苗稀，矮矮的不壮。草也蔫蔫，根露了出来。

椿树峁，王克明摄于2019年

我想，就是不锄，它们早晚也得被晒死，跟地里那些谷苗一样。

那是夏季中午，天空晃眼，天上一个白灿灿的太阳；土地晃眼，地下一片白灿灿的干土。我手执了锄头，光脚踩土，土热热的，很温暖。想着这是份享受，是书上的激情诗句：脚踏着热土。又想到大地是母亲，这温暖发自母亲的胸膛。

南山高，可以看得远。天上空荡荡，没有一丝的云，也不见一只飞鸟。极远处，起来一根细细的白线，斜斜着升上来，那应该是架飞机，心里便去想飞机驾驶员——第一机舱里肯定不热，第二他大概会有北冰洋汽水喝，搞不好还是冰镇的。我这才觉出来，我口渴得厉害，嘴唇的皮正在裂开。

如果是在离庄子不远的山上干活，中午就回庄里吃饭。但如果是在远山，中午照例是在山上等送饭来，或打火烤身上带着的干粮。午时人们便在这山上歇息，不回村里。在夏季，山里午歇的时间会很长，下午上工的时间会很晚，一般要到三四点钟罢。这时间只是猜想，没有钟表。那时天会凉快些，干活会有效率。可是收工会更晚，要到天完全黑下来，要到星光快要出来时才回庄。

大北沟离庄子很远，我们等的送饭。拦羊的担着担子走来，两端各挂着六只饭罐子，这担子不轻。知青的饭是小米粘饭，"粘"读"然"，是一种在干饭和稀饭之间的饭。带了比干饭多的汁水，吃着它，嘴里能补些水分。下饭菜是一碟酸蔓菁丝丝，加的些切碎的辣子。

没有树，山上找不到一处遮阴的地方。吃罢饭，锄地的这一群人，各自寻个位置，直接躺到地上，像摊放一地晾晒的地瓜干。我看到我躺在村人中间，地瓜干被太阳暴晒，正慢慢入睡，进至昏迷。肩头胳膊渐渐晒得发红，身下是白灿灿的土地。

白灿灿的土地忽然连成了沙漠。那是远行的皮影人，骑了年迈的骆驼，身后是旖旎的歌声。烈日在皮影大布上白炽般地亮，带了多彩的光轮。骆驼在沙坡坠下极长的影子，影子孤单，踽踽地走着，没有目的地，所以不能到达彼岸。水纹般的沙漠十分光滑，羊角胡笳悠扬地响起来，声音像一缕青烟，袅袅地在高处抖散。

听到嗡嗡的说话，人把眼睁开，脑中意象没了踪影。发现全身湿透，上下一身的大汗。鼻喉通透，清醒一直贯通到脑顶，神清气爽，人浑身轻快，舒服无比。

抬头看太阳已经西移，气候凉下来许多。坐起来，见周围人都已坐起。男人正吃着烟锅，从庄里赶来只出下午半天工的婆姨们在拼命说话，一群雀子似的叽叽喳喳。

整个夏季的锄地，几乎都是在远山上，我们都是太阳下暴晒着午睡。想来这烈日下睡地上的大晒大烤，每天来个三两小时，于健康该十分有益，应该推荐给现代人。但我知道，现代人会吓得惊叫，说这肯定会弄出皮肤癌。现代人被文明娇嫩，已经不能活着进入古代。而山上的我们，则已经幻化为久远的古人。看看胳膊通红，我知道我的脸应该更红，大概是一只煮熟的龙虾。

这时听到队长呐喊，叫上工："则都站起身，漾打（干活）去来。"这时听到人们锄头碰撞的声响。

三

冬季来了，庄户人就闲下了。接下来遇到个过年，再苦的日子，庄里不论谁个，都享到些人生的美好时光。

临近年节时候，早上起来，山石硬硬地冻着。沟壑塝峁一片呆滞的土色，树柴皆是稀疏的干枝，再没有别的颜色。但是庄子里白烟烧起来了，白烟冉冉地扭着，浓浓的大团，并不散开，周遭土色于是变得生动。几个女子，穿了鲜红的袄，叽叽咯咯笑着，往上院跑。上院里，咿咿呜呜响起来了郿鄠戏。

我们在上院里，和女子后生们排练郿鄠。知青有我和简华，又主动跑来黑庄的知青王二。这王二能吹，且会拉，凑红火加进来热闹好耍。皆因万庄有个田启华，这是乡间里的大文化人。高小文墨，能拿了毛笔到纸上写字，更兼的吹拉弹唱，西沟闻名，系乡间的浪子班头式人物。他于万庄文艺贡献极大，上蹿下跳，在庄里生拉起一班草桥人马。自己操扮各种角色，做导演做乐手做编剧做督导做总管。这是大山出的能人，生了许多艺术细胞。他把女子们叫端坐的一排，训练动作，学习表演。见他弓着个背（他有点儿驼），于院中沉思了，走一下，立定，对了女子们喝道："笑，笑，笑！"众女子坐那里，皆笑。又喝叫："哭，哭，哭！"众女子便皆作哭腔。这艺术极是专业，知青们都在一旁观看，觉得增长了知识。

我们便跟了学许多郿鄠调式。西北道情、采花、刚调之类，都能唱起。我和王二编剧，剧情生加些革命，捏造得甚为幼稚，荒谬不经，于情理不通。倒也是那个时代，革命剧的常例。于是我们就拿来演出，带的几分旧日社火味道，很具文化，跟他处知青演个没完没了的当红板儿戏无涉。我和简华都来参加角色，庄里漂亮伶俐女子做的主角，涂的脸子，穿的装扮，拿的器物。脚地里打了堆篝火，浓浓的白烟中，人皆扭动起来，咿咿呜呜，齐声唱起郿鄠调子。一旁一班乐家作势帮腔，将丝弦鼓钹捣拨得山响。周遭看家围得满满，更有许多自外庄过来。村人兴高采烈，齐声喝彩，演的看的，皆大欢乐。无人去关注剧情，感觉中国传统农人社戏，并不以内容荒谬不通为意。

多少年后，有一次，在哪里忽然听到了道情郿鄠，咳呀，那调子，那咿咿呜呜，扭呀扭的调子，煞是亲切！立刻想起来那一片土色的沟峁，大团的白烟，欢乐的万庄上院，女子们鲜红的袄。

有次曾跟父亲说起，在陕北大山深处，和农人乡人演郿鄠戏，我还扮演了角色。父亲听了微笑，张口念来：

> 你咿咿呜呜唱起来的，那对面山上的郿鄠戏，
> 你笛子你胡琴，你敲打着的拍板，
> 你间或响一下的锣声，
> 你的节奏那样简单，那样短促，
> 你呜呜地唱着，像哭泣。

这诗，问他谁的，父亲说是何其芳。父亲大学做学生时，喜欢诗，喜欢华兹华斯喜欢拜伦喜欢雪莱，也喜欢了何其芳。思想唯美，意识罗曼蒂克。那是三十年代末，父亲在湄潭上浙大，做什么校剧团长，不好好学习。他们演夏衍演曹禺，办篝火晚会朗诵何其芳，思想倾左向，总与当局不协，但很是小资浪漫。这诗就是他那时候背下来的，至今竟记得这般清楚，虽然差了几个字。

四

我有很长时间没有去过椿树峁了。两年前我下到了底庄的万庄队，几乎就再没上去过。

椿树峁和我一起插队的知青都走了，整个万庄大队几乎没有知青了。推荐大学，国家厂招工，区办厂县办厂招工，知青那时几乎走光。黑庄知青王二推送去了北大，那是1972年，"文革"后大学首次开张，凭的家庭出身，搞推荐上大学。万庄知青只剩了我和简华两个。我俩都出身"黑五类"，没有机会，便继续呆在山沟里。

那天有事，要走趟椿树峁，我又是在黄昏里上了山。

上到山顶，前面又呈开阔。立那里良久，心里不知何往。那个傍晚，西天上又见那丝光闪闪的晚霞。更有一块块金边镶嵌的红云，飘浮其间。它令天际变得遥远，心际也变得遥远。

我那时看书，简华也看书。我们收工回来，各人在窑洞，给自己点起两盏油灯，看书，看到下夜。我看高数，看英文。并不为什么，希冀都是虚渺的，过程本身就是意义。我解高数的题，一道一道做，又把个英语中级二册课本读完。那时我知道，许多知青跟我一样，都在看书。那个年代，许多知青家庭打了黑色标签，失却许多常人机会，看书大概可以成为一种心中的解脱。

我那英文课本，讲革命领袖闹革命，中国人的革命英语。我找不到洋式儿英语书，那年头英语书难找。做知青几年，回北京时，看见展览馆办洋人讲座知识录像，讲什么宇宙。可怜还从来没听过一句洋人真正说英语呢，于是兴奋，想着自学许多英语，信心满满，就钻进去听，里面没坐几个人。大屏幕上，高个儿洋人开口，绅士学者风度。我立时晕在那里，竟是一句也听不懂。怀疑他是在说英语吗？最后垂头丧气出来，像只斗败了的鸡。

我去父亲那里翻找，捡得两本洋人英语书，一本《最佳英语散文及短篇小说集》，蓝本硬壳；一本《趣味天文学》，红本硬壳，皆三十年代精装本。虽然已有残旧，但不失品相，是父亲年轻时读物。我如掘到了金矿，揣了做宝贝。这书如何从三十年代在家中存到六十年代，这书如何在"文革"抄家没被抄走，都很奇怪，觉得竟像是专门在那里待我。我打开书页，看见那条前一代人年轻时走过的路。

回到队里，晚上在窑洞。扔掉手上的那本中式英语，灯下坐着，独自一人读雾都里的狄更斯，读纽约街灯下的欧亨利。研究地球运行视角快于远星时，如何出现了远星定期回退的现象。油灯下，看到霞光里的皮影人，听到身后旖旎的歌声。我看到我行走在天涯，不知方向。我安静地知道前面都是陌生的土地。

那天的椿树峁山顶，那一刻，我静静坐在高山。迎了西方，脸上映了红光，那是皮影中的红霞。我看到空中落英缤纷，嗅到空中弥漫了花香。

细细小雨的椿树峁

　　细细小雨的椿树峁，水缸里若是没水，就一点儿也不浪漫了。

　　这不是玩笑话。在椿树峁，一细细小雨，就挑不上来水了。没水，我们可就要断顿了。老乡的话："北京学生这些，则是要嚎哈咧。"嚎，就是哭，且是大哭。嚎哈咧，是大哭下咧。这个"哈"，就是"下"，他们把"下"统念成"哈"。

　　椿树峁，小村在山上。

　　九户人家。主要的几户，队长副队长郭四儿郭大爷什么，都窑洞一溜朝南，排一道梁上。那梁由东向西，东高西低。从东出去，有小路，在山顶脑畔上走。小路是往东往南，去万庄。那道梁，到了西边，拐去了西北。西北有三户，窑洞就朝西。这三户，会计刘学文，高婆姨，饲养员老惠。

　　刘学文和高婆姨的窑前，有个小小的场子，安一个碾子，旁边好像驴牛，还羊只，是牲口们各自的圈。这样，小村就有了巴掌大的一块平地，成了全村人民政治经济文化活动的中心。

小村在山上，吃水却在山下，这便是与其他庄子不同处。西沟，都庄子在山下，没有在山上的。庄子安在山下，安在沟边边，吃水容易。

椿树峁取水的路，是从西头，学文他们那边出村，往山下走。走到沟底，就是取水处。这往下取水走的路，挺长，有坡度，得走十五分钟多吧。沿了沟底这沟，继续走，是向西向北。走很远，无人迹，不见村子。再远，就去了安塞。

安塞，相跟着走过一回，记得挺远，是去赶集。农村集没赶过，去长见识。安塞很小，且破烂。一条街子，土路，长一百米吧。安塞的集，卖的牛驴。第一次见到有牙家，留的印象。一狡黠老汉，长脸钩鼻，面皮油亮。给买卖两家握的两手，指头去跟人捏码码，手用布盖住，不叫旁人看，价格不叫给知道。这应该叫作秘密交易吧。

那椿树峁，糟糕的是，那条取水往沟底去的路，是条红胶泥路。不知何故，其他都黄土大山，独椿树峁，山体这部分，淡红颜色，还片状的胶泥。为何是这样，应该去问问地质学家。爷爷就是地质学家，他肯定会知道原因，可是"文革"八月，他选择离开，不再回来。

于是这路，就滑，人走着得加小心。脚禁不住崖边溜，要"趄哈刻"，就是"掉下去"。"去"在方言，说成"刻"。

担了水，这路上走着就有困难。

唉，山上椿树峁，难活人，就是这个吃水。山下万庄的人，每叹气说起椿树峁："山上耶，唉，苦最受，水吃不上哩。"

而今，对椿树峁的日子，最记也是吃水。若插队忆起椿树峁，禁不得便要说两句吃水。

刚到椿树峁，睡过第一晚。早上天光大亮，男生都还炕上。副队长郭凤强"咣当"一声，推开两扇窑门，大刺刺径直走进来。山里人上门，推门就进，不带有敲门应门问答一套礼数。郭凤强走炕前，立定，不"早上好"那号西洋文化，对了炕上几个小子，问候道："则起！不敢再睡咧！"问候毕，顾自转身，出窑走了，撂的一句话："则都快些！我学文院起，给咱抹绿刻。"这是说你们快点儿，我先到刘学文的院儿，去给咱们做些安排。"抹绿刻"就是抹绿去，抹绿是他的吐字读音，何字不知，"收拾安排"的意思。

大家就打着哈欠，穿了衣服起来。下来到刘学文院起，见郭凤强正牵个驴子。驴背铺的烂毡，烂毡垫上架个木杠杠。杠杠两边各挂一只木桶，木桶高可半人。听郭凤强叫说："则把女生喊上，叫看山上咋个取水哩！"

九个知青男女，甩着两手，一小队干部人模样。跟了驴子木桶副队长，从学文院起走出来，整齐了，顺一条土路往下走。

这时就见到了那条土路，坡陡脚滑。土质起来变化，淡红，还成的些片片，更还出露些碎的石头。当时就有的感觉，这里很奇怪。更确切说，是带得几分诡异。再的陕北，大山都黄的，不见红色。大山都土面面，不见石头。

若是去走靠崖的路边上呢，就有些趴地的碎草，可以扒住脚，走着不滑，脚下也轻快。可是路边不宽，是崖。要特别留神，不能人走得掉下去。

见识一回副队长，陕北人吆驴走路，口中发出指令，是"秋""嘚嘚"两种。后来见牛也去这么吆喝。驴牛们都听懂，知道这是在要它们往前走，很是奇怪。

直走到沟底，觉着好几里罢。

沟底居然有很大的岩崖石壁，水窝子藏在岩崖下。这岩崖在头顶，能遮蔽些风雨。

现在有些想明白了。沟底那里石崖，没有土，打不成土窑洞，所以离了沟底，走到了山上。想是当初，人寻到这里，见有水，有心安家。又见这里不好打窑洞，就一直向上走。直走过红胶泥片片，才有了好黄土，才能打窑，才好生人。

我站那里，看山里的吃水。一个水窝子，地上很小，稍微的有点儿椭圆。若坐里面，长轴方向把腿弯了，或能伸直罢，这应该叫"半条腿长"。窝子水浅，也就够半个马勺勺。见到一条小蜥蜴，灰色，很是激灵。水面上许多蜉蝣，或什么水虫，极快速地跑来跑去。它们像是在玻璃上滑行，水面不留划痕，甚是奇妙。

郭凤强拿个马勺，小心了去舀水，知青们围了看。

舀一木桶，水窝子的水就光了，要再等。若不慎搅泥沙起来呢，也要等，候泥沙沉下去再舀。郭凤强舀水动作，很缓很小心。

去那坑底细看，泥沙处，几个针孔样小洞，细细地，断续吐些水珠珠出来，水珠珠针尖也似。猜那就是泉眼罢，只是太小啦。但是就因这几个针眼，水窝里总积的有水，就不会干涸。

一个大木桶装满，总要半个时辰。虽是动作小心，水舀上来，仍带了浑浊。还饶的几个蜉蝣到桶里，仍是在水面上跑，仍然滑行不留痕迹。

终于，两桶水舀满，就都跟了驴，上来到刘学文窑空地。这里有女生住的窑，好像是借高婆姨家的吧，记不确了。知青灶房安在女生窑，水缸就在灶房，好像两个。

这两个大木桶，装了水，太重。几个男知青都上手，若无村人帮助，完全无法把桶从驴身上卸下来。用驴用木桶取水，可一下把水缸倒满，不用知青去人担。若铁桶担水，就得山上山下的，挑两三回，水缸才满。

小山村，一共三条驴。把驴走坏，就"祸事哈咧"，这是队长老吕的言语。全村人磨面碾米，还驮粪什么，甚也做不成。老吕告我"祸事哈咧"的严重后果："全村人敢要集体嚎起咧。"这语言，很是生动。

小村儿主事，靠两个长，队长副队长，老吕和郭凤强。主事的无甚特权，一样吃糠吃麸子断顿饿肚，与常人无异。山上没党员，因而没书记。

后来知道，用驴驮水，是头两天给知青优待。村人吃水，都各自铁桶人担，不敢用那驴。

接下来的日子，我们也不好意思没水了每回都跟队里要驴，也自己去担。

知青担水，嘿呀，热闹大场面！那是件大事，惹了乡人围观。我们人员全体出动，一站一站，休息换人。半天时辰，才弄得一挑水上来。

但是到了后来，人就有伟大的锻炼。我们可以两人，甚至一人，下去挑水啦！再也无乡人围观。只是挑水途中，换肩不易，总要放了担子，歇息几回才成。

能够取水，便去做这插队落户。与乡人一道，我们开始山里人的日子。天不亮，黑黑的上山出早工。劳作整天，到天晚，黑黑的踩着小路回来。一天不落，没有周末，没有节假。

后来，见到了细细的小雨。

小雨，我们喜欢。山里路滑，不上工！嘿，可以看书！

可是，饿。

灶上吃的那一顿，一个发面酸酸的玉米馍馍，一碗稀稀眈当的小米粥，乡人叫作"熬的米汤"，不够啊。肚里咕咕咕的，幻想着一切曾经吃过的东西。

终是耐不住，就去想一想，唉，还是别看书啦！越看越饿。睡觉吧，睡觉就不饿啦。兴许福气，会做个好梦，赶上到梦里去吃馆子吃大餐，睡着能吃到满嘴的油腥呢。

可是若小雨，若水缸又正好空了，对知青们可就"祸事哈咧"。没水做饭，连填不饱肚的那一餐饭都没了。

我们就去跟人家讨水。刘会计，高婆姨，郭四儿，若有水，都给的一瓢瓢，好歹"叫把米汤则熬上些"。若是连着许多天阴雨，山上家家没水。我们结实地遇到过两回，我们真的是"嚎哈咧"。

每次看到天要下雨，若缸里水不多，女生就紧张，赶紧脸盆面盆脚盆什么盆，统拿出来，摆一院子，等着接老天的水。盆一堆堆，花花绿绿，很有场面。

那条红胶泥路，雨雪的天，是不好去走的。胶泥着水，太滑油。便是空身走，看着人往崖下溜，腿脚刹不住，何况担水，快绝了念想罢。

便山上，这雨雪的日子。

我们接过雨，化过雪。我才知道，雨水并不干净，里面有杂滓。不是心中想象那样，大自然纯净的结晶水。我才知道，雪根本不出数。去外面找干净雪，铲回来巨大一抱，化到锅里，才猫尿似的一泡。

便山上，习惯了省水惜水。

平时只有做饭，才敢用水。饭就都玉米发面馍馍小米粘饭，用水不算很费。玉米馍馍酸酸，总不会用碱。

我们不敢吃干，吃干太过靡费，月底会没粮断顿。吃稀又不济事，所以就常吃粘饭，叫稍微带的些干，稠稠的，好去安慰肚子。

除了吃水取水，再就洗衣服，都是要下到那沟底去的。那些衣服，实际已经很脏。一个是干活，总在出汗，总是立刻就脏。二是衣服都不多，没有水洗，又天天早晚干活，不能够去洗，就都脏得不行才换。没了干净衣服，就把早先脏的，一件件拿了，认真去闻一闻，又去跟身上比较，忽然会觉得手上这件，十分之干净。理直气壮拿来换了，重又给穿到身上。于是神清气爽，知道换了干净衣服。

每月里，知青们有个一天的政治学习日，这是变相的休息日。赶紧洗衣服，可以大洗。我们把脏衣服都抱出来，往沟底走，去那个珍贵的水窝子。水窝子小，不能一下都去，没那么多水，男女生分拨。

哦呀，那些洗衣服的日子哟！都晴朗，都风清日丽、神怡心旷。我们踩着红红的胶泥路，我们愉快地往下走。想一回身上，会衣服干净，舒适柔软。多么好！头顶上，天蓝得，如水莹莹。这若是拍电影，此刻该配上支优美的歌。满满的苦情，却让人记住那点儿欢乐。我记得那些个曾经，对幸福要求很低。噢，那是深刻的感受。若能有水，若能有许多的水，有晶莹透明干净的水，会是多么的让人快乐啊！

记得去农村带了两个盆，一个大的搪瓷盆，还深，白黄色。完全不合市场标准尺寸，比一般知青普通搪瓷盆要大得多。一个是个塑料盆盆，绿的。很轻——那时还不见市场有塑料盆卖，因而新奇。大家都夸，说塑料盆好。是我的母亲，总弄些与寻常不一样的东西。我记女生下去洗衣服，就跑来借盆。这两个盆都具特点，一个大，装得多；一个轻，拿着容易。塑料正开始兴起。知青都有许多塑料东西，塑料布塑料鞋什么的，老乡都从未见过，就都惊奇。陕北摄影人黑明就说，是他村子，有北京知青下来，让他第一次见到了塑料布。他那时是个儿童。

联系到刘燕玲，椿树峁女生。想起问她："有个塑料盆，你们都来借。现在人都不信，你还记得吗？"刘燕玲欢声大叫："记得呀，太记得啦！"状颇兴奋，还告我那塑料盆，如何下场。这却完全没了印象："你那塑料盆叫我给砸啦。"我大惊讶："啊？"她说，她下去洗衣服，还那天队里给了驴，驮水。赶驴上来时候，驴在红胶泥路上打滑，滚下去了，木桶也滚了，"把我吓得！"刘说："塑料盆衣服什么的，全滚啦！"是队里揽羊的看到，飞身相救，把驴止住。所幸驴未伤，木桶也没坏，只水淌精光。那塑料盆也碎成片片。刘吓坏，可咋个交代。我好奇："那后来呢？"刘："后来？后来得跟你说呀。我使劲跟你道歉。"我问她:"那,那个谢说什么呢?"刘说:"那个谢说,没事儿没事儿,光说了好多个没事儿。"我们就都笑。这故事,告诉你红胶泥路,行走得小心。

椿树峁插队,好像不到两年吧,叫公社也看不下去了。就忽然的一天,通知来说,把全公社——据说还是光荣的全延安三个最苦村子——落户插队的北京知青全部调离,调到碾庄公社。碾庄在川面,川面,就是延河边上。那里是平川地,就富。老乡说碾庄能吃水,还能吃饱,更"一个工还分得些钱了",很是叫人向往。但公社只调知青,不调老乡。这三个苦村子,都出自这道西沟,万庄队的椿树峁,余家沟队的霍家山,枣屹台队的仲台。你从村名就知道,那两个小村,应该也在山上,很可能也吃水困难。

只而今不大明白,椿树峁这里知青,都普通百姓人家,皆小民草民,规矩老实。无有与公社做甚瓜葛者,更无有人认识公社书记。如何会公社看到了椿树峁知青,而且还会看不下去了呢?

我没去碾庄,只是离开了椿树峁。下山,加入到万庄知青灶,也就不再受没水吃的苦了。但椿树峁的乡人,吃水依旧是苦。

我记有一回,见公社大干部。我说我椿树峁的。我跟他说椿树峁,说吃水。我说知青调碾庄,老乡能调吗?他们只有九户哎。看着北京知青,干部微笑了,告我知道,不是你想那么简单，随便一说想调就调。方针和路线，对农村工作都有意义。

椿树峁的老乡，后来真被调离，那是在我走后，许多年许多年。2000年？确切不记，反正改革开放之后。是椿树峁全体，统搬下山，统并入了万庄。

椿树峁最终被弃。

我离开陕北，已经好多年。只是总在这个世上，走在了各处。

这中间，回来过一回陕北，回来过一次万庄。还去了椿树峁。什么文儿里写过，画面不忘。

山下万庄，遇老乡讲给我椿树峁："山上？没人咧。都殁哈咧么，都散哈咧么。椿树峁那搭儿，唉，撂咧。"

虽然听到是没人了，还是想去看看。

黄昏独自一人上了山，去看望椿树峁。

在那个红胶泥的路口，往下张望一番。看着天色晚了，没有敢走下去。

只一个人，站椿树峁梁上，站了许久。

风里，无语。天边，残霞余晖，分明存留过千年。

挂一个白色月亮

一

已近黄昏，还很亮。西天起些红色。

延河几不见河水。很宽的河床，一块块积水，一河滩乱石。积水反射着夕阳，放了金光。

我和王二，坐延河畔。看乱石，看积水，看金光。

我们插队在沟里，离这河遥远。去坐这延河畔，拢共也就几回。不知为何，却都是跟这王二。这次坐，是王二要走了，他明天要离开陕北。我从山里出来送他。

弄到1972年，大学还是要办的。就之后首次，开招大学。不乡试殿试什么试，直接送。工农兵，大学只招这三种人。插队算农，就王二王新华同学，光荣选送，光荣接通知，光荣大学工农兵学员。王二是被送北京大学，数学力学系。

现如今，坐在这里，看着半个世纪前那个人，瘦瘦的一根儿。前探了颈子，寻路找路的式子，想到这是一只小王八。爬不快，四处匆匆张望，心里藏一点儿愿望。哎，这个人哟，前面路还很长唉。年轻，便有痴心，容易妄想。妄想都非分，不自量。但是，哦呀，那个刺激了心跳的1972年。

那些画面，生动记得。是大家要走，去上大学。我垂涎了，远处站着。立一旁，羡慕看着，还兜里捏一把英语单词的纸条。看要去上大学的人，看王二，看小年，看张赛娜，看……他们都是我同学，一道沟里一起插队的知青朋友。噢耶，那时的我，多想去读大学哟——不是为这上大学能离开农村离开大山。大山说实话，人实际淡然，不与它有计较。实在是为上大学那个读书。唉，这个1972年！人心被剧烈刺动。那一年的上大学，硬硬地横着杠杠，凭家庭出身，政审严格把关。王二家"红五类"。我家"黑五类"。王二有权利，不会有我权利。

王二想安慰我，他知道我心里渴望。

但他不知该说什么，"唉，不是他们不相信你，"他开始说了，竟结巴起来。他没再继续说"他们"是谁。只是笨拙了解释："他们是不相信另外的人，不相信那些老辈的人。"王二抱歉看看我，好像他的错。王二那时，其实不知道，我家"那些老辈的人"竟做了些什么。我其实一样，搞不懂我家"那些老辈的人"究竟都做了什么。但有一点王二知道，我家"老辈的人"，被"万恶阶级敌人"了，这点应该不错。"地富反"？关管押？资本剥削？反动国民党？海外美狗港澳台？"万恶阶级敌人"的种类很多，或者，是其他什么更糟的。反正，不管什么，是因了我家"老辈的人"，才让这个后代狗崽子没权利，不可以上大学。

我不作声，不做什么说明解释。

看着西天上，正在辉煌壮丽。那轮夕阳，忽然就炙烈起来，竟有些烤人。大概，它快要坠下去了罢。

我们就都不再说话。积水上的反光愈强。如果你对它望，会被刺得睁不开眼睛。在叫你知道，它不准你对它直视。

那天坐在河畔，得了延河的印象，河水的反光，好像比其他河的刺眼。

平日里延河水，不滚滚。它没水量，滚滚不起来。除了大发洪水，生了暴怒，它才水势浩荡声势浩荡气势浩荡。那是在疯狂肆虐，带着摧毁与睥睨一切的力量。

但我们总是在深的山里，不去靠近这条延河。延河就总离我们很远。

噢耶，那天。是送的个王二，去上的个大学。上的是北京大学，叫个数学力学系。

完事后，剩的一个。就有些灰头土脸，或者，不朝气蓬勃。一个人，沟里回走。夜空里空空荡荡，幽幽挂了一个月亮。

那条山路，便照得很白。人在白地，拖着的，有一条单薄的人影。人影印得十分清楚。月亮一动不动，看着这条影子。

这个月亮。它已经前知了亿万年。应该是预知后事，应该是一切必知。但它沉默不语，不任何暗示。由了我一个，在那路上走。

慢慢就，脑子里起一首歌。

是那首《歌唱动荡的青春》，那些天，心里唱的歌。不知道为什么，会去唱这首歌。只知道那些天，心里在唱。这歌四段，词竟全给记下了。

那词那曲，其实带的小资，激情里有煽动，就浪漫。该是苏联歌，但不是内战里流行老歌。它不在《名歌200首》里面，可能是什么电影或话剧插曲歌。比如记得，我们少年儿童时候，给领着，去看苏联话剧，《以革命的名义》还什么之类，都有苏联歌，都挺好听，就都记着。但是现在这个动荡青春，哪儿来的，怎么传进西沟里的，怎么叫我学会了在脑子里，都已经无考。

是啊，那夜，走西沟回万庄。那天沟里小路，好长好长，比平常时节，得要多走些个钟点。心里响着的，是这首歌。

甚至兜里，还揣些英文单词纸条条儿。幽幽的月光，幽幽的山路。走着，去摸字条儿。月光下，把一面儿看了，想一想，看另一面儿。记得那晚，摸一张纸条，一面儿英文"ridiculous"，另一面儿写"荒谬的"。

唉，看见的那个人，瘦瘦一根。魔怔似的，嘴里念叨"ridiculous，荒谬的"，直念了一路，固执要记住那个"荒谬的"。山路上没人，独自一个在走，并不十分匆忙。哼唱着那首歌，并不十分忧伤：

> 时刻挂在我们心上
>
> 是一个平凡的愿望
>
> 愿我们家乡美好
>
> 愿祖国万年长……

我喜欢第三段，就反复哼唱：

> 就像每个青年一样
>
> 总会遇到个姑娘
>
> 她将和你一路前往
>
> 勇敢穿过风和浪
>
> 听风雪喧嚣
>
> 看那流星在飞翔
>
> 我的心向我呼唤
>
> 去那动荡的远方

这词，这曲，连同兜里那英文单词的字条儿，俱给的些温暖和希望，有了抚摸。哦，那晚，那夜路。听到心在唱，并不出声，这大概叫作"心声"。感到周边什么，隐隐在与心声共鸣。四下看看，四野幽暗，都跟了心声，静静在听。

但这段词不知为何，非要出现个姑娘。歌词在唱"总会"。"总会遇到个姑娘"。我知道，我实际没什么姑娘。我是为最后两句"我的心向我呼唤，去那动荡的远方"。但我唱着那个"总会"。悟到我或会"总会"，不见得非得是个姑娘。

我只知道，那个时候，我决意要走。无论如何离开。不是离开这山庄这山沟，是随便去到哪里。幻想了远古洪荒，槎浮泛海荒诞不经，俱是要出走海角天涯。因为那激情，因为心向我呼唤，要去那动荡的远方。

二

好多好多年后。有次在美因茨，是到了德国。有个晴朗的周末，阳光于是姣好。

那里，美茵河正在注入莱茵河。我坐到了河岸上，看河床深广，河水雄厚，藏了力量。这时想起《名歌200首》的歌，激情着走向了激流的河畔：

　　我走向激流的河畔
　　坐在高高的河岸上

......

忽然记忆打开来了。听到了遥远的那首歌。很白的小路，幽幽的月亮。我心中唱出声来：

　　　　就像每个青年一样
　　　　总会遇到个姑娘
　　　　她将和你一路前往
　　　　勇敢穿过风和浪
　　　　听风雪喧嚣
　　　　看那流星在飞翔
　　　　我的心向我呼唤
　　　　去那动荡的远方

歌声亲爱，竟是泪流满面。

这样在很远、很远，不动荡的远方。坐在美茵河畔。已经了许多故事。看流星在飞翔，人走到曼海姆。在那里歌德学院，加强班快车一年德语。我必须通过它的德语中级考试，下一年，转去柏林工大。

曼海姆离美因茨不远。周末不上课，所以坐到了美茵河畔。

三

又去回到万庄，年轻时候，那段很难的路。

那会儿，传的消息是：支延北京干部要撤了。

给延安的插队北京知青，派去北京干部，在中国这是唯一，老三届上山下乡运动中的奇葩事。

北京干部下延安，来时讲好三年为期。现在到处在说，要撤了。

下午，正在后庄，见一个娃跑来说："书记王振韩寻你咧。公社来个北京干部，是个女的。在知青生那搭儿。要和你说话了。""生那搭儿"，方言，意思是住的地方。

推开知青窑门，见是李光坐在炕沿。她笑眯眯，和我招呼。

李光是驻河庄坪北京干部组长。全公社北京干部中，猜想她官儿大。因驻队河庄坪，我接触不多，可是感到她身上有不同。河庄坪北京干部，驻东沟的不太认识。西沟这边，一个李光，一个驻枣圪台老褚，让人想到人物，三十年代老知识人当干部那种。对人，都亲切，出自内心，无委蛇虚礼。对所有知青，不歧视，一视同仁，像家中族中可敬长辈，叫我亲近喜欢。

我问李光："您找我?"李光笑着："是啊，我来找你，有事想和你谈。"

"北京干部要撤了，"李光第一句话，验证了传言。她说："临走前，想给大家尽量做些安排。"

李光告我，已和延安协商，为大家争取到一批地县级厂矿招工指标。"指标不够每个人的，我们只好优先解决年纪大的，体弱的，家庭出身有问题的同学。让能有个工作，最后养家糊口，"她特别说起："尤其有出身问题的，条件都比较差，家里一般没办法，最后只能是都留在本地。"

李光说"家里一般没办法"，是那时现象。凡家里有点儿办法的知青，都在通过各种门路关系，努力调离陕北，纷纷脱离这场知识青年上山下乡的伟大运动。

"你们庄史砚华，高一的，还家里有些情况。先考虑他，给他有个县农具厂的指标，"李光说："我们还有一个招工指标，考虑到你。"李光停一下，看了我："是延安县毛毯厂。想听听你想法。"我看着李光，心内感激。砚华跟我，都黑档案材料，都"黑五类"狗崽子。李光他们必是看过档案，知道我两个比旁人，最不易有机会，所以拿指标给砚华给我。

之前有传言，说北京干部在给知青弄县里厂子的招工名额。看来，得听传言，传言总是可信。

招工，早先有过了。两轮国防大厂来延安，招北京知青。部委正规厂，景象便许多不同，许得好福利，许给知青学习知识培训技术。知青人人就都向往，只是没我份。这类国家高级单位，不要狗崽子。一道西沟，知青出身好点的，多被招走。剩在乡里，就些走不了的。

现在的县一级，到了底层，不计较出身。进厂能有工资，虽不多，饭该有的吃罢。

可我不想去。我宁可队里呆着。

那时延安，知青已经不饿饭了。饿饭是下来那年，饿得人好惨耶。后来开始挣工分口粮，知青单身，一人吃饱即可，无家庭拖累。又上面要求，知青分一个半人口粮。更还有知青不断离去，靠招工靠关系调走。走的人，心中有大欢喜，粮食往知青灶上一扔，空手跑了。没见谁说扛了粮食去单位报道的。因而知青灶有粮，精粮食吃饱，竟可以不掺麸糠。

不饿饭了，就能够庄里自在活着。实际呆队里，最叫人快活的一点，老乡们干部们完全没有意识想着要去管你。人就可以广阔天地无甚作为无拘无束自由自在。北京人的话：爱干嘛干嘛。早晚隔天的爬起，皆得自在。可以肆意看书，我迷的这状态，带点儿无政府，不想要县里去受什么管束。

李光并不惊讶，甚至有点儿意料中。所以她跑来，问我想法。那天她专门进西沟，直走了一天。去枣圪台，去万庄，找的几个，都是为招工事，要去和本人问话。

噢，你不走，就呆队里。那，最后呢？有具体打算吗？或者最后，你想到你会什么可能吗？——最后，是感觉吧。我学英语，自学。觉得可以笔译，译诗歌译小说散文比如，译科普地理趣味知识。我文章容易，意思说顺了就行呗，不以为写作多难。我还画画之类，可以工美或设计什么。可以老师，小学初中的各科，不觉得教课什么困难。

李光微笑了，感兴趣听着这后生。我述说时，她不作插话。

幼时，父亲就有笔译。笔译可有稿费，可助养家。父亲被"右派"，却不送去劳改，继续让科研，只工资降很低。有我们五个孩子，就艰难。他下班，整晚书桌做事。其中一事，笔译。童年记父亲，好像晚上都是不睡。然后就某一天，母亲下班没了踪影，父亲会说："噢，今天一定有稿费来了。"果然，听母亲楼下，依次在喊我们小名："□□！（我的小名，隐去）小妹！三三！下楼帮忙来拿东西！"扒窗子去看，是母亲叫了三轮回来。她会买天大的一堆，最记得苹果桃子樱桃香瓜，鸡鱼排骨肘子鲜笋蘑菇，饼干点心，全是好吃的。稿费花光光，绝不节省。把我们小孩子乐坏，一屋子笑语欢腾。父亲笔译，只专业，不闲文。但他不光英文，还俄文。祖父也是，两人读俄文也译俄文，都俄文自学。父亲也写，写文写书，都他的地球化学探矿。反正，一种勤功，或，一种积极。我小学生，不懂他"右派"什么，只对笔译有印象。从小看到过了，外文可自学，自学可笔译，笔译可稿费，稿费可买好吃的。加上山里老乡，教给了人间至理："人但有吃上的，就好。"

所以，县里敢不想去。笔译靠两件，靠外语，靠文字。

这两件，都能够达到，不难。内心感觉，日后不管如何，总可以自有活法，觉得总都是有办法。看到长辈，人须是勤功，人须是积极。当然，家里这样故事，和这些想法，并没有去跟李光说。

"那你确定毛毯厂不去，名额我们就给别人了，"李光跟我确证。我确证：你们去给困难的人吧。因觉李光可亲，就去给她说些心底："我只是个觉得吧，"觉得最后我总能走出去。我必得走出去。这话狷狂了，不妥。这号直觉，外人听了，感觉毫无道理不讲道理。

李光宽厚了听着："你这种精神状态很好，"她说她知道了，"我们知道了你的想法，"对这后生，作的鼓励，"努力下去，能力不要荒废，继续精神状态，继续加强自己。"

她起身。出窑门，见天色已经不早。可知谈话不短。我立路旁。看李光，沿西沟弯曲山路，向东出沟，匆匆走了。她远去的背影，染的余晖，罩在了一片夕阳里面。

隔天，听村里有线喇叭大喊叫，通知叫我去公社。

在公社，见到李光，她找我。

坐下来她说："昨天听你说，能画。以前也听别人说过，你画画。我们把这事儿给漏了。"我解释："我瞎画，不是科班。小时候照着乱画小人书，是喜欢。"李光问："那你想过没有，去做画画方面的工作?"我想一下，点头："画画感兴趣。可以干吧，没仔细想过。看机会呗。"

李光便说："延安工艺美术公司，有一个招工指标，工作跟美术有关。要是那里工美，你是不是就想去了呢？"这倒没想过。画画我喜欢，这意味着今生，去走画画做艺术的路。若这样，也一种天意吧。就说："搞工美搞画画什么，挺喜欢的，相信能做好。"李光听了说："我们考虑得晚了。这里面有一个情况，"就告我，这个工美指标，定给了另一个同学，那同学不画画。你画画，但已经通知了那个同学，现在若去变动，必得征求人家同意才好。问是否愿意，用你毛毯厂，换那个工美。我赶紧说："对对，人家不愿意，就算了，千万别勉强。"李光说那当然。

李光叫我等信儿，他们去问问看。我便告辞，李光跟出来，跟到公社院子的门口。

李光后来消息，那同学想工美，不毛毯。故事就此打住。

这是当年。在那路上，看到过分岔的路口，差点儿路径发生改变。路口眼前晃一下，过去了，天意吧。该是老天指拨，没让走另外的路呢。不过那时，也想不到那是岔路什么。人继续在队里，有粮吃自在快活。

我记着李光，记着老褚。相遇一回，真是难得，是福气。

我仍旧窑洞，仍旧油灯。去看力学看高数，竟还习题演算。这样忙碌，就有充实，意义在自家得快乐，托付些不切实际的愿望。看书，给了人真实的幻想慰藉。我显然是需要幻想慰藉。

我那时已经不只记单词"ridiculous"了，而是去学到了句子"that's ridiculous"，这话中文意思"这真扯蛋"。好像是从大字典里读出来的，十分之生动活泼。后来知道，这类话老美电影里泛滥。看他们在戏里人生，说世间荒谬，"that's ridiculous"。

四

那会儿，有一个留声机，挺破的，但是能转。带一个有点儿生锈的小铁盒，剩了几个唱针。

留声机手摇的。有一个摇柄，插进去摇，才转。不是带个花式大喇叭边儿上再蹲一只狗的那种，那种都豪华高级，都腐朽资产阶级。我那是便宜货，一个方方木头盒子，特简单，没拾音头没喇叭，放大要另接。把唱片转起，唱针放到唱片上，耳朵凑到唱针，能听到它蚊子样轻轻在唱。

干嘛把它带延安，忘了。应该是哪次探亲拿过来的吧，也不记得了。反正是插队后期的事儿，那时知青都走了。

可能是为那张灵格风唱片，太想特想听英语啦。父母那儿，看到教外语灵格风唱片。一盒，满是尘土。是一套，拿了一张走，没都拿。后来发现错了，不是英语是德语，就很泄气。唱片扔一边，当然后来就不见了。

跟着这唱片，还一张什么，外文写的也没看。反正薄薄不重，搁一起就给带过来了。

终于一天，把那张唱片放上去，摇了留声机去听。嘤嘤嘤的，听到钢琴，西洋古典。呀，好听。仔细看标签，竟是张贝多芬月光。奏鸣曲14号，作品27之2。除了《月光》，还什么曲儿，忘了。谁的钢琴，也忘了，只记得《月光》。

但是声音太小啦，耳语似的，几乎听不到。拿留声机过来时，根本就忘了，它没放大。窑里乱琢磨，想怎么声音弄大。

少时做矿石机，没绕过耳机线圈，但看过构造。线圈U型磁铁，放上面一薄薄铁片。音频电流通过，变化磁场。铁片随音频振动，发声。于是，知道了两点：很薄，就能振动；振动随了音频，就能出声音。

转一圈，找到一张格子信纸，A4的，下边小字"北京电车公司印刷厂印制"。纸很薄，是我要的。电车公司印刷厂印车票的，车票都薄。所以他们印的A4稿纸也薄。把纸抖一下，哗啷哗啷。

那纸我们用来写信。写的小字，挤挤的，密密麻麻一大篇，可承载很多信息。缺点是太薄，有透亮，不能反面也写。优点是纸轻，信封可装多页，不超重。

我把留声机靠墙近些，A4纸取对角，一角扎唱针，另一角按钉扎墙上。中间距离调整一下，让纸张松弛，略下垂。微微绷紧，纸面能有些张力。

唱片转起。唱针小心牵着薄纸，放唱片上。A4纸随唱针声音振动，响起来钢琴，哈，声音挺大。纸上音色竟是优美，叮叮咚咚，月光如水，倾泻一地。这成功，甚是令人得意，太是让人快活。

几日连着，真好，晚上，到A4纸上，去伴这《月光》。

写到这里，去网上乐库，找到《月光》，又去听。第一乐章慢板，听一个弹六分多钟的，要慢的。一般弹都五分半钟。缓慢了的情绪，一种不愿被察觉的忧郁。

哦，《月光》，贝多芬。徐缓了，琶音三连音，轻轻起来。米拉都，米拉都，米拉都……一串，轻柔，意境初现。米拉都，米拉都……继续，一串，半音升半音降，意境迷蒙。湖月烟色，薄薄的，袅袅的。琴音清亮时，月光在水面闪烁。

听有了微微的小风，轻盈旋转了。云翳，月光穿射，透出来。月色温柔，心里忧伤。

第三乐章，老贝完全不同。布满云彩的月色，躁动急促，不可抑制不可遏制，带一种坚硬的决心。

《月光》唱片是母亲的。母亲弹过钢琴，她书架收着唱片，都西洋钢琴古典。唱片好牌子，百代、胜利什么。印着大花瓣喇叭对着小狗。"文革"爆发"破四旧"，那个我，正在革命。我用一个下午，把唱片全给砸了。西洋古典靡靡之音腐朽堕落资产阶级罪恶反动。母亲那时所里"文革"，下班回来，开门看唱片碎片砸了一地。她温和了，轻声只说了一句："送委托行他们会收，可以去卖钱，家里没有钱了啊。"现在想起这段，看到那时的母亲，心里在哭。

这张《月光》，如何没砸掉，应该是侥幸逃过。它知道，它将会在窑洞里等我。

我德国去得较早。那时出国还允许带八大件。什么件，都没兴趣，只一件例外，音响。就去操心，购一套高级音响，带放大带很好的唱机。又去找唱片，钢琴古典，贝多芬巴赫莫扎特肖邦。弹奏都大师，鲁宾斯坦的霍洛维茨的格伦古尔德的图奶奶（即图蕾克）的。带回国，送母亲。偿我的罪过。对那罪过，心内仇恨耿耿不忘。这音响唱片，让母亲好生快乐。她年老了，完全不记得我砸她唱片。

那张德语灵格风，也是母亲的。母亲说，德语她学过一点儿呢，就去说一句："伊喝礼薄弟喝。"天爷，真棒。这是德语我爱你。"伊喝弟喝"，南德乡下话，特土，应该"伊稀弟稀"。我笑了说："你们老师巴伐利亚的。"母亲说："就是，那老师慕尼黑人。"

就些奇怪，在那个遥远的大山里面，竟会遇到些跟德国有关的什么，似是与理不合。德国贝多芬《月光》，德语灵格风。有过个相机，也德国的。祖父背了它走在他的山野中。那是他三十年旧物，好牌子，德国柔来*。反正，尽些德国货，

---

*Rolleiflex，德国相机名牌，现一般译为禄来福来。

你必是要走出来，出埃及走你的迦南地，去到那陌生的地方。

都来眼前，经过一阵，亮相，走马灯也似，又再去消失。人若迷信，就有些诡异。这是在预兆，日后我会跟这个德国有什么瓜葛吗？

月色叮咚琴音，响在山里，是天上的声音。木头的手摇的留声机，耳语般，悄悄告诉了我那片月光。在年轻时的那条山路上，召唤了我。你必是要走出来，出埃及走你的迦南地，去到那陌生的远方。这念头，是一种喜悦。它发着召唤，要你勤功积极。

就又看到了那条山路。幽幽的夜空，挂一个白色的月亮。

井沟坝

井沟在万庄的庄子边上。队里费许多人工力气，在沟口上打起一座大坝。井沟沟掌有长流的泉水，所以井沟坝没有淤起坝地，却积起好大一池水，深的地方怕要一丈多。队里引这水浇前台的菜地，那是全村人的小自留，全村人衣食所系，管照得自是精心。

夏日里知青见这片好水，就跑去游泳。山里老乡没见过游水，都聚了来看，如看黄片，都先发一大声喊："shei！"这陕北特有的感叹词，很生动，将惊诧溢于言表，而后评论，说："北京人男的女的在一搭儿精沟子耍水了嘛。"精沟子是方言，光屁股的意思。好像没看到我们穿了游泳裤，女生穿了游泳衣。

那年还没立春，背洼上蓝莹莹大片的雪，都没消。阳洼上留着块块残雪，阳光下，耀得眼白。寒风吹到脸上，还是硬的。早上起来，一小队副队长着急忙慌，跑来报告说："井沟坝渗水咧。"

我们跑到井沟，顺沟口走到坝底，见一股水，从坝底哗哗价流出来。上到坝顶上去看，深深一池的水，涨得满满，静静着。水面阴沉着，平平价纹丝儿不动，像在暗地里酝酿阴谋。

众人上下乱窜几回，无法可想。看着坝底，水流渐渐地越发大起。队长蹲到坝上，擎个烟锅，喷两口烟，鉴定道："则要毬事（糟糕、坏事），坝敢垮咧。"

我和简华都会水，就自告奋勇，说得想法堵。不由分说，用土装麻包，又说得先下水去探，看漏洞在哪里。队长见了，忙把烟锅子磕了，上来拉住，劝说是："可不敢下去！堵不住，不顶事，算毬吧。"书记也跑上来，拦住说："这是消冰水，冰得过于，人要冻坏骨石！"

那时年轻，解不开这天地的高厚。一向教得说是得战老天，教得说是能胜老天。这么大个坝，什么不做，就那么看它垮，怎么也说不过去呀。就不管书记队长拦挡，觉得一定得下去试试，看能不能救。但一脱光衣服，哈呀，嘿！冷得！筛糠样哆嗦，马上人就抖起。众人看了说，得搞点儿酒来，人喝得有些火气才好。队长书记又慌忙叫人，山村儿里没有酒，卫生站弄来大瓶医用酒精，兑了些水，我和简华大口灌了喝。喝得辣辣的，把人喝得晕乎乎的，不由地横生出来些杀鸡的牛胆。我那时想，真是啊，敢死队上阵前就都得喝酒，得烧酒，灌的，得晕掉，才能有死士的胆子。

我拿根背绳，拴到腰上，另一头叫人拉住，嘱咐说："若看人总不出水，那可能是叫漏洞吸住了，得赶快往出拽人。"然后硬了头皮，横了心思，从坝上走下去，站到水边。看那水面，寒气缕缕，如白烟，袅袅地浮着，阴森森十分不祥，心里就几分怯。见旁边围的众人，都绷的脸子，担心地看着。心说这事退缩不得，吸口气，狠了心往下就跳。扑通一下子，咳呀老天！人没到水底，冰得喘不出气来。那是真冰碴水，手脚在水里冻得硬起，僵抽得不会动。最疼的是胯间那话儿，缩成个蚕蛹，针扎似的剧痛，才知道那话儿挡不得冰寒。

　　我拼命挣扎，划水，向下扎。睁了眼，胡乱辨看，就见混混的水，满眼的黄绿。左右匆忙张看了，什么也看不见，也不知人在坝底什么位置。哎呀，不行，受不了了。人看看要毯事，赶紧往上跑。上边的人看冒出头了，赶紧拽绳子，把我拉上了岸。

　　队长书记都跑来，两个婆姨擎个被毯，把我人整个囫囵包住，又往嘴里灌医用酒精。我地上圪蹴一团，浑身大筛，抖动剧烈，嘴唇合不拢，哆嗦着叨唠："探，探不到底，太冷，找，找不到漏洞。"这时就见简华跳了下去。

　　简华厉害，水里撑的时间比我长，最后也不行了。爬上来时，脸色铁青，嘴唇煞白，哆哆嗦嗦，说："不行，探不到哪儿漏。"队长书记赶紧叫人拿毯子，把简华包好。他也跟我一样，浑身大筛抖，止不住，牙关咬得"嘚嘚嘚"的。

队长书记见状，松了口气，忙的招呼众人，叫说"回呀，算毬了。"大家从坝上下来。大坝到底撑住撑不住，不是人操心的事。乡里人静心静气，逆来顺受听天由命，"看老天叫咋介呀。"

人们把我和简华弄到个窑里炕上，盖了包了被子毯子。我们俩继续在炕上哆嗦，有婆姨去灶头安排下给烧口米汤。

不到中午时分，听到人来说井沟坝底水越发大咧。午后不久，坝底露出个狰狞的大洞。一泓池水，带了初春的峭寒，无羁无绊，意气风发，汹涌而出。"青山遮不住，毕竟东流去"。无一刻，一池水倾泻一空。坝断成两截，井沟湿漉漉留下条静静的沟底。

"坝塌下了，"后生们跑来报告说。炕上，我和简华还在哆嗦。我们一直哆嗦到晚上，才慢慢止住。

日后书记王振韩给我教育说："那老天要它塌么，你再咋介？那能堵上了？再不敢瞎搞，危险咧。则叫它塌么，看以后能再打了再打。不能打算毬。"是哎，这道理！天力无穷，人定胜不了天，跟它斗不得。中国早先不是有故事，老天要发水，鲧就去堵，跟老天斗，枉送了命。大禹顺的老天，水要发则发，要流则流，看着做些疏导，便得了便宜。山里人的意识与那遥远的古代相通，跟天不是斗的事儿。我们在大山里得到教育，人在大自然中，得有顺着跟天和好的心思才成。世间至理，不可逆天行事啊。

走　城

出西沟沟口，迎面撞见的是延河。那河浅浅地带了些水，更带了宽广的河道川。沿河的河岸很高，修的公路。出沟口拐上公路，前面是河庄坪村，再往前走二十里到延安城。

公路都不是柏油的，积了厚的浮土。浮土下铺撒着些烂石子。公路上走的驴车，相跟着头扎白肚巾的老汉，通常穿的一件烂袄。老汉背了手，罗圈了腿，一拐一拐，走的不急不忙。

隔一阵儿，后面追上来辆大卡车，是从安塞那边过来的。大卡车高头大马，开过来，威风凛凛，不可一世，老远卷着黄土八尺，冲天扬尘。它把土扬我们一头一脸，趾高气扬，从身边驶远。大卡车老让我想到《西游记》里的黄风怪，又想到那年月的名句："历史车轮滚滚向前。"这意念很糟糕，容易想到的是历史车轮滚滚向前地自个儿跑了，剩下我们被历史抛弃的一群。

从河庄坪到石疙瘩村，沿了延河，公路转了几个大河湾子，所以我们能看到十里外河湾的另一头。我们总是拖着脚步，羡慕地看着卡车带的尘土。那是一溜黄白的烟儿，烟儿移动得飞快，沿河湾转，最后变成一小绺，没一会儿就转完了。最后远远望见卡车小黑点似的，在河湾另一头的山根处一拐，不见了，烟也就散掉了。这叫我由衷地羡慕：卡车真棒，这路没一分钟，两下就转过去了。这可是我们得用腿儿量一上午的路呀。

那时候走在延河公路上，多情地望着每一辆开过的卡车。虽然是明知无望，蛤蟆想天鹅似的，想着要是能给搭一段路该多好啊。曾听哪个队女生说被卡车搭过，我们都不是女生，没漂亮脸蛋瓜子，勾不住开卡车的爷们。那时的我们，一帮知青傻小子，破衣烂衫，蓬头垢面，腿儿着——是这命，走过多少回河庄坪公路，没搭上过一回卡车的捎脚儿。

从庄子里走延安城，觉着得有百多里吧，出沟五十里到河川，再五十里到延安城。那是老乡说的，数据是不准的。后来被告知说那大概应该是二十里，这数字想来准确。走城的路，全拿腿量。我们猫在深山沟沟里，天天上山干活，难得出沟走一回城，走城都有事情。头一年给知青供应商品粮，队里穷，一共两头驴往地里送粪，得去山下驮水，用不起驴车，粮食用人拉车去延安给弄回来。每次去是男生一齐出动，轮换了拉车。要么，就是谁家里寄来了包裹，大家就约了都去跟队长请假，相跟上一齐走趟城。

那一回我们起身晚了，那次是男生一起进城取包裹。过了中午，几个人才进了延安城。在大桥食堂里吃一碗肉粉汤，两个两面馍。肉粉汤一碗两毛五，不算便宜，那时一盘红烧肉要五毛钱。肉粉汤里有两个丸子，一片肉，带皮，其他是粉儿。到底是沾着了油腥，吃着特别香。在那个年代，肉粉汤是大家的心仪之物。

我们去南关邮局取了包裹。看到是家里寄来炒面，模压鞋，酱油膏。相跟的胡同学隋同学也都取的有包裹。我们拎了包裹，晃晃悠悠往回走。下午的大太阳特毒，晒得地面烘热，我们都走得无精打采。从清早出来，走了一天，就没停着。想着赶回队里得到半夜了，眼前还有近百里路呢。

出延安城，前边离延大不远。路过一个沟口，吓了一跳。人像受惊乍的牲口，一下子瞌睡全没了。沟口七八个北京知青，看着跟见了七八只狼似的。这帮人，吓人。将校呢人字呢双面咔平纹布，各色的黄军装，搭配了穿着。在土墩子烂石头上蹲了坐了站了。这套打扮是一种符号，是那年头北京街头的漂主顽主，行径是打架拔份抢东西拍婆子。我们路过时，他们都不讲话，都看着我们，绝对不怀好意。我想坏了，今天糟糕，还拿了东西，人得有一劫。

我们提了心，硬了头皮走过他们，他们却并未动作。待我们走过他们五十多米，他们人忽地一下都站起来，好像谁下的令，散开向我们走来。我看不好，把手里东西往隋同学手上一塞，对他和胡同学说："快跑！进延大！"他俩也不嫌东西重了，竟飞跑起来。我在背后喊："你们先进延大，去中文系，找某某某，我一会儿去找你们！"我是大喊，为的让后面那些人听到我们延大有人。这俩也怪，拐叭拐叭，只一霎，都土行孙似的，唰的一下没了，钻进延大校门了。这说明人逃命时，会激发出异样的潜能，总能跑出刘易斯的水平。

我回过头来，已经被那帮子围上了。为首一个矬子，面似老瓜，挺壮。记得看见脸上几粒疙瘩，红里透白，就觉得他们打扮哪儿不对，其他几个也痞子似的。我想八成是碰到外公社什么七百八十九、九百八十七中的流氓土晃了。那矬子有点儿急，一口垮腔："哎哥们儿，哪儿的嘿，交个朋友唉。你们内（那）几个呢，别叫走啊！不够意思不是？"

我忙解释："他们得先去延大，约好的。人家正挨那咳儿（在那边儿）等我们呢。有话咱说，都插队的，咱都哥儿们。"

矬子停了，想一下，改了口，说："嘿哥儿们有叶子（黑话：钱）吗？叫咱拆搭点儿。"

"吾么队几个家喽，都没钱。我爸挨吾么单位看大门儿的。"我赶紧解释，一口的北京土腔，表示是胡同串子，油水是不会有的。心里却担心着裤兜，里面有张五块钱大钞。他们人听了，好像挺泄气。矬子看了我，身上破烂，扎条白羊肚巾，还想说什么。我赶紧说："我这不还得紧走，真的。延大的人挨那咳儿等急了，该找来了！"桩子想想，没说什么，心里好像犹豫。我抽身就走，虽不敢跑，但走得比竞走要快。快到延大门口，回头看看，他们一伙人还站在原地。看着我，并未追上来。这才松一口气，进了延大校门，人一下瘫坐到了路旁。

后来听个李家洼知青说，是石窑沟还是哪个队的，几位小爷，家里在旗，出身高干高军。不知延安街上行情，几天前几人进城，"穿了呢子靠到延安城里抖，被一帮子人把行头给扒了。"我们队的知青议论说：搞不好那天遇到的那帮子，就是劫石窑沟的人。那些行头没准儿还是扒的石窑沟的呢。

因逢凶化吉，心里兴奋，也刺激。回到庄里，不遑多想，铺了纸，急急给家里写信，渲染延安城危险，几乎遭劫，渲染惊险紧张。信尾嫌不过瘾，夸张编造，说，此时正在延大待着不敢走，外面非常危险，怕出来挨劫云云。把这弄成个悬念，托走城人给扔到了信筒里了。那会儿年轻，不晓事，更不懂体谅到别人。关山隔阻，音信迟滞。过很久，半个多月吧，家信才到。纸上急着一连串的追问：那天后来怎么样了？人还好吧？没出事吧？平安吗？我早忘了，什么那天后来怎么样了？想起来，咳，是说延大差点儿挨劫。于是回信，轻松说：咳，早没事儿了。父亲这回大气愤：真真岂有此理！我们都急得不得了，母亲睡不着觉，都快病了。你怎么可以这么戏耍长辈！

这是刚到延安第一年的事儿。那时"文革"刚完，知识青年们身上还沾了"文革"中的暴戾，来不来动手动家伙，弄事情出来。后几年，在农村给磨得规矩了，这种事情就再没见了。

刘学文娶婆姨

刘学文没有钱，娶不起婆姨。他用他的妹子随莲换了个婆姨。

头天晚上，我坐在灶前烧火。锅里熬着米汤，熥着发酵的玉米饼子。大家都看着灶眼里火苗舔着锅底，饿得巴巴儿地等着开锅。

这时队长来了，向大家打招呼说："还没吃上？"径到灶前来，蹲到我旁边。

"侯子，你看呵，是这么个，"他伸手在地上拾揽起个柴棍，捅进灶眼，帮着烧火："刘学文要娶婆姨了。"咳一下，说："娶婆姨要用大衣了，"他笑了看着我："则把你那件大衣要借得去。"

我有件蓝大衣，双面咔叽布面儿，阿尔巴尼亚卷羊绒里子，栽绒领。离家前，母亲哪儿弄到点儿钱，又曲曲折折搞到卷羊绒，新做的。

我有点儿奇怪，问队长："结婚借大衣干嘛呀？"

队长解释说："哦，借了么。"又回头对隋国利说："则把你的也借上。"

隋国利也有大衣，临来前，他家用件老式旧长袍改做的，没我那件好。

"明天学文娶亲，"队长站起身，宣布说："都不上工，都吃酒来，有肉咧。"

第二天快晌午，远远见后沟底爬上来迎亲的队伍，有吹打走在前边。

刘学文穿了隋国利的大衣，胸前戴一朵大红花，手里牵头黑驴子，驴子上横坐个婆姨。

那婆姨穿着我那件双面咔叽大衣，大衣箍在身上，扣子扣得整齐。头上一大团红布花扎，嘴上脸上抹得红，那就是新娘子了。新娘子绷着脸子，不笑。身子随了驴，不情愿地一扭一扭。

新娘子胖，挺厚实，眯的眼，脸黑黑的，嘴唇厚厚地撅着。知青小郑笑起来，说："那什么二姨嘛。"我回过头，白了他一眼。他吐下舌头，跟我悄声说："人说学文婆姨，彩礼便宜。"

刘学文很开心，笑嘻嘻，和人一路招呼。他后面是四头驴子，有牵家牵着。

一头驴驮了两个红漆木箱，木箱上描了大花大鸟。一头驴驮了两床被子，被面朝外，露着颜色。另一头驴也驮了两床被子，一样被面朝外，一样露着颜色。一头驴驮个条子筐，筐里是暖水瓶，木框镜子，搪瓷脸盆，搪瓷缸子。四样东西都成对成双。脸盆里有两套毛选四卷，红字书名白纸皮子，用红布带子系着。那是北京学生下来，北京市给陕北人民送的礼。

一伙人相跟着到了学文窑小院，帮着卸驴。木箱是空的，我才知那纯是个行头。其他东西在炕上红红绿绿堆了一洼。村里婆姨女子娃娃围了一堆，看新婆姨，看东西。

队长当主持当司仪当跑堂。院里一共摆两张桌子，有烧酒，有纸烟。队长和学文过来，招呼我们桌边坐定。第一轮吃喝敬的北京知识青年，立刻给端上来一碗大肥肉块子。学文家穷，肥肉块子一人只有一块。吃过后上荞麦饸饹面，羊肉丁胡萝卜丁洋芋丁的酸汤臊子，管够。桌上放了一大盘油糕油馍。

小村里男妇娃娃女子，紧紧围了一圈，在身后立着，都看着。我们吃过了，赶紧起身让位。轮下一桌的人，坐下来接着吃。院子一角，蹲着寻吃讨饭的吹打手。唢呐一直地吹，从《东方红》《社会主义好》，吹到《真是乐死人》。

傍晚时，我摊在炕上。郭四儿来了，抱着两件大衣，说："则来还大衣。"听见小郑问他："学文怎么娶上的这个婆姨？""咳，学文条件不强些。妹子定的汉，条件也不强，就都为要个好价嘛，"郭四儿说："没钱儿嘛。你们不知道，学文刚从这榆林穷地界儿下来，在咱这儿落的户，背了一大洼债，寻钱还债了么。"

学文的妹子随莲，人漂亮，双眼皮，长睫毛。他兄妹两个，都有点儿深目直鼻，头发有涡卷。我想起来了，那不像汉人，像是胡人，或雅利安人什么的。哪个族可说不清，没准儿外高加索的？搞不好当初几代前的祖上是打到这儿来的？或是掳来的？要么逃年景移民落难的？唉，可怜。跑到这汉地，改了农耕，跟着过这倒灶日子。一口肉吃不上，肚也吃不饱了。

晚上去学文家，院子角落里看到有随莲，好像哭过似的，挺伤心的。只知道说给她定的汉不强，是害病还是有一洼年纪，大家谁也没敢问。

进了窑，新婆姨还是黑的脸，并不跟人招呼。

炕上空空如也，箱子被子脸盆镜子缸子，什么都没了。

白天驴背上那些东西，除了毛选是上面发的，其他都是借的。东西现在都还人家了。

只剩了毛选在炕上，红字书名白纸皮子，用红布带子系着。

鬼 头

　　一个下雨天，不出工。我们闲站在窑门口，看雨。

　　门旁雨湿了一堆黄土，我抓了一把泥，揉起来。这时才发现，这陕北黄土的泥与众不同，那里面没有一点杂物，揉起来极细腻，滑润如脂。越揉，那感觉越奇妙，像是捏了女孩儿的素手，摸着婴孩儿的白屁股。

　　我把那团泥"啪"的一声，拽到门上。泥圆圆的一坨，整块儿地巴在门板上，并不掉下来。看着有趣，觉得它像古庙门环上的鬼头兽头。

　　我忽然起了念头，我可以把它真弄成个鬼头。没见过真鬼，可是看过画的鬼，见过塑的鬼。我找了块小木片，按那想象，动手塑鬼头。多的地方，我拿小木片去刮削，缺的地方，我往上吐口水，捏了泥团往上补泥。

　　我认定鬼头顶上应该有肉峰，就捏起个肉峰，它应该是吊睛。我额头捏起两道竖眉，让它耸着。又揉了小圆球按进眼眶里，做成怒目。我给它弄了个狮鼻，狮鼻肉头，无梁，大孔朝天。又将嘴抠开大洞，黑洞近似长方，咧成血盆大口。鼻下做出厚唇。嘴角两侧，又去安两只獠牙，凶恶着呲出来。然后去揉那鬼脸，让颧骨隆起，使其凹凸生动。直起身子看看，哈，非常的个性。自己往那脸上吐着唾沫，抹着泥，且修且补。渐渐觉得那鬼很有了些生气，似已能恶言语。

我找来两根铁钉，小心用斧头把钉钉到鬼的两个脸颊里，然后用泥盖住，抹平，作为这鬼头挂门板上的固定。心里在想，日后到北京得要好好去看屋脊门环。唉，当初怎么没去注意留神，浪费许多机会，真笨。北京可是帝都呢，故宫北海、颐和园天坛，香山潭柘寺什么的，兽头屋脊门环很多，肯定许多不同。攒一堆各式各样的，做一下分类，研究年代及样式等细节差异，想必有些个意思。

鬼脸完工了，知青们都称赞。简华还是谁的主意，叫我用按钉在门上钉了张报纸，盖住鬼头。不叫太阳直晒，得阴干它，省得开裂。

隔一天，鬼脸晾得干了些，但还没干透，我们让报纸继续盖在上面。上山干活的时候，我一直都在想它。想着那报纸下，藏着那鬼，立眉，吊睛，虎口，獠牙，守住门户，威风。盘算着得在另一扇门上也做一个，总要对称才好。这样，就该是真正的古代山门了吧。

晚间收工回来，在沟口见到高谊几个，他们是后沟里枣圪台队的知青。高谊上来就说："你他妈的真冲。"我没反应过来，说："什么真冲?"他说："你门上那个鬼头啊，你弄的吧?"沟里男知青都在说，前沟红庄队也有人跑来看，这让人很有成就感，人于是得意，且洋洋。

可是庄里不安生了，都说是侯子在门上塑神神了。我跟后生说，那是艺术，在北京，你不见皇城的门上，都塑着哩。可是，庄里的女子们都不敢从门前过。要过，得三五成群，哇地吓喊着，跑过去，断不敢慢慢走过，断不敢停留，人都怕呢。我奇怪："怪事。有什么可怕的?"

晚上，二队长过来，说是书记王振韩找了。我跟了过去，到王振韩窑。王振韩老实庄稼人，窑里破破烂烂。我进去时，见王振韩、大队长陈登和，都在窑洞里。王振韩见我来了，转头对陈登和说："谢侯来咧，你则给讲一卦。"陈登和噙个烟杆，含糊着："你则说给么，就对咧。"王振韩就说道："谢侯，你看啊，是这么个。你们背景纸示请年（北京知识青年），赶个干部了么，咋去塑神神了? 快不敢搞那号封建迷信。"我原想说那是艺术，话到嘴边，又咽下去。艺术，那是能说清楚的事情么? 王振韩顿一下，语重心长："叫公社知道，ceng呀。快不敢!"我想想，也是，神神，鬼，哪能随便塑到处安了? 心里忽然有了更不安：现在塑的成个形，万一这鬼，真有了些思想性情，再或不高兴，庄里但若出点事情，就麻达下了，就都是这鬼闹出来的，干系是脱不掉的。于是赶忙诚恳了心思，对书记认真地说："我原来是塑着玩儿的。您说得对着，我这就去砸了，再不敢塑了。"

下来回到窑洞，找把斧子。简华问："干嘛，砸呀？"我说："砸。队里不让，说是搞神神搞迷信。"简华不说话了。我到门前，那鬼正看着我，表面的凶相，隐隐觉着些它与我的恋恋不舍。我心里跟那鬼头暗暗地告别，像在告别情人，然后举起了斧子。砸烂它倒也容易，只两下，就碎几块到地上，很痛快再就砸烂掉，不像塑它时那么费心思费工夫。我找把老虎钳，拔那门上的两颗钉子。门恢复到原先，什么也没发生，一点痕迹不见。想到"文革"，砸烂那些佛像菩萨，都轻松痛快，只几下，千年的工夫心血，就一点影儿不剩了。

现在想来，砸了是可惜，但那也是非砸不可，躲不开。那是我生来第一件泥塑。可惜的是，当时手头没有相机，没照个相，留下个影像，留下个印证。否则，今天看那鬼头照，该多有趣哟。

谷子熟了的时候

谷子收下来啦。

那年有雨水，好收成来。庄户人脸上都笑，家家有碗新小米熬下的好粘饭。

夏天的炎热已经退下去了。晚上，天上满是凉凉的星星。野地里虫虫到处欢叫，让你知道秋天的好处。

万庄的脑畔山顶，从椿树峁伸过来的小路。我看见那时我正在往下走，我是要去底庄——山上人管万庄叫底庄。说是今晚底庄请下说书老汉，来庄里说书了。

"你去给陈登和说，叫说书给咱说罗成，"相跟着的底庄后生天宝，路上热情跟我撺掇。

"罗成你解下吧？"他怕我不懂罗成，给我介绍说："天下第七条好汉来，能挠碾盘了，可聚劲！那抱定个碾盘，一把抽起，咋也不咋。走一道沟出去，一口气不喘一下！"

这个"那"，读ně，陕北话"他"的意思。天宝说的陈登和，是个庄里主事的，万庄大队的大队长。我问天宝："你哪儿听的，说罗成能挠碾盘了？"天宝说："吔？是说隋唐来！我上回听说书讲来，是走的老沟霍家山。"

听讲古听说书，锄地时听村人念叨，说是好多年啦，不曾听过一回哟。今晚竟然能有一回，实在是不易。

底庄说书在下院毛喜发窑。历来大队有事开会，都在下院毛喜发窑。"那窑大，一满坐下人，"到底庄见到陈登和时，他跟我说。他那时正跟会计商议演出费用："说书老汉叫给上一元钱介，不敢急慢噢。"

我问他："是说罗成了吧？"陈登和笑眯眯："成嘛，庄里再的都想听了。就叫那说，看那会说罗成了吧？"那时节，"文革"高烧渐退，罗成可以泛滥。

待推开窑门，扑来一股热气。毛喜发这窑是眼大石窑，比土窑着实阔大。脚地炕上，已满是人，女人女子，娃娃老汉。男人挠个纺线坠坠，手上都在忙着，捻羊毛线线，口里都含着旱烟杆杆，熏得满窑的叶子烟雾。婆姨嗡嗡的一窑拉话声音。听说书，小山村里的盛事啊。

这陕北说书，我还从未听过，竟有几分兴奋。见炕上坐的说书老汉，老汉有了年纪，襟袄破旧，面皮上蒙些风尘，手上挠三弦。三弦长长的杆杆，蒙的花蛇皮皮。

老汉没问姓氏，也没问来自哪搭儿，直是个遗憾。想来总是一道乡一道沟串着，寻吃寻喝，说唱游走。见过说书人唱说自家，那书词儿至今记得：

> 三弦就好比我的牛，四片瓦好比我的老镢头
> 东头收了我走东头，西头收了我走西头
> 东西南北全都走，一年在外度春秋

收了，是指收夏收秋。收了好啊，能有吃喝。这吃喝是
真正粮食的吃喝，不是糠菜。东头收了，去东头说唱寻吃，
西头收了，去西头说唱寻吃。想着说书老汉，一场人生，直
走一路！一辈子一年在外，经冬夏历春秋。

呀，嘣嘣嘣的三弦弹起来啦！众人皆闭住口舌，去看说
书老汉。

老汉精神了，扬起眉眼，咧开口：

> 唉……
> 弹起三弦就开篇，列位明公听我言

口中黑洞洞，是残了两颗门牙：

> 说一段故事有千年，前朝往代甚久远

三弦嘣嘣嘣，响起来那一种说唱：

啊呀呀

隋炀帝登基民不安，四方荒乱动刀弦

群英聚义瓦岗寨，三十六弟列朝班

……

唱着，说着，念着，并不高声，亦无激昂。嘭嘭嘣嘣，夹的两声弦子。弦子急急按住，压作煞尾，好似叹气一般。

调儿无甚华美，鹑衣馁面衣衫褴褛。第一次听到，心里甚是喜爱，书词并带的抒情：

长安城头天放明，三原李靖点祥云

点一块红云红似火，点一块蓝云蓝似青

点一块黑云赛锅底，点一块白云胜绸绫

这窑洞，直回到远古洪荒啦。这是永远的述说，絮絮不休，伴沟水流了千年：

北斗七星参拱辰，上有日月照乾坤

西北咸阳文王墓，山东曲阜圣人坟

三国出了个诸葛亮，大明朝有个刘伯温

唉呀呀……

哐哐哐大响，急急一大阵三弦。马灯油灯忽忽闪闪，映在窑洞，娃们女子们快活的脸，汉们婆姨们闪亮的眼睛。

呀，真好。那一晚的窑洞听书，叫我记着。

山里得下的这段情节，直留到心底。N个十年后，听克明唱起了陕北说书。

那次是一堆人和史铁生，在北京东郊，邢仪的画室聚会。坐那里，大家歌唱了一回。克明直了颈子，忽然说："我来段儿陕北说书！"

他便坐正，清了自家喉咙，齆了鼻腔（陕北人说话都不同程度齆了鼻子，觉着像有点儿感冒），沙哑了嗓儿，摇身变作山中说书人：

啊呀呀，人说那貂蝉生的一个俊
恐怕是顶不住这两个女子的吵脚后那跟
……

真是个味儿正，学得太像，可惜没个三弦。这曾经的重逢的说唱，霎那间心生感动，人回到了那个窑洞听书的晚上。

两句唱过，众人兴犹未尽。我随了大家，叫起好来，佩服克明本事，学下这件功夫。史铁生插队朋友，多清华附中人，纷纷夸赞，羡慕说克明是"真正的行家"。

我那时间问过说书老汉。老汉咧嘴笑着，告我说："这阵儿好下来咧。公家再不张不管，叫唱咧。"他说先前，日子恓惶："那阵儿来，旧的再不叫唱。新的砸不会。则就只好寻吃讨饭，再你能咋？"把"咱"说成"砸"，老汉的这号鼻音，好像上边下来的。延安人说"上边"，指的是米脂绥德榆林那一带地界。

上边，比延安苦。我们插队时候，延安这边山里，也甚苦情。开春家家都没粮，总是糠麸子还有吃。我见底庄张文成老汉家，往榆林上边寄麻包。是一个大袋子，轻飘飘的。是糠，还是麸子，忘了。老汉家女子，似叫个采莲儿，过来寻我借邮票，说是给榆林上边什么亲戚寄了。采莲儿告我说："上边人吃不上。嘿，饿肚。糠麸子上边都没介。则寄上叫给吃上口，救人了。"听到这话，知青们错愕不已，竟还有比万庄比椿树峁还苦的地界儿么？

收秋过后，山里无甚活计，人都松懈了。队里请假容易，知青们顺了沟，串各庄找要好同学，聚了玩耍。

我去串余家沟，躺克明窑炕上，跟他说底庄听老汉说书："嘿呀，好听！"克明直说可惜，说没听到。他说他说书听过一回，他说他书词有收集。两人就又都可惜，说是没去笔记说书老汉的完整书词。

西沟里几个庄子，知青多有走动。我们呆窑洞，看许多坏书，得许多坏思想。又去抄四旧，古文古诗。只是陕北说书，词本收集不易，那需要机会，须遇到旧时说书人。这打不碎的旧世界，漏的许多好书文。各庄知青频繁交换出借，流通活跃。非无产阶级诗文词曲，不难得到，这让人开心快乐。那个大山沟深处，那段谷子收下来的日子，满山的金黄，记忆里带的是黄金的颜色哟。

是那时见的孔尚任《桃花扇》。最后一曲〔哀江南〕，不知克明哪儿弄的手抄。窑洞里初遇那段文字：

俺曾见金陵玉殿莺啼晓，秦淮水榭花开早，谁知道容易冰消！眼看他起朱楼，眼看他宴宾客，眼看他楼塌了。

震撼了。和克明呆在炕上，拍炕叫好。心里知道，那是谶语。这段儿的前面，文字优美：

你记得跨青溪半里桥，旧红板没一条。秋水长天人过少，冷清清的落照，剩一树柳弯腰。

我们都去诵末尾那段文字。想到那句子正合呆在深山。深山渔樵，不逢阳春：

诌一套〔哀江南〕，放悲声唱到老。

这曲〔哀江南〕，几个人都能背出。大凡词儿写得好，不用去背，很轻易能记脑子里。印象中，那时看多的是元曲。童年时家里并没叫背诵元曲，只促背诵诗词古文。记诵元曲，都是那时在窑洞，那个谷子收下来的时候。有一首曲儿，不知为何脑中存着，便是那时记下的。道是：

　　天堂地狱由人造，古人不肯分明道。到头来善恶终须报，只争个早到和迟到。你省得也么哥？你省得也么哥？休向这轮回路上随他闹。

"你省得也么哥"，元曲里特色呼喝，最觉有趣，一般是要呼喝两遍。王实甫关汉卿都喜用，类乎现代民歌衬词，什么"忽儿呀呼嘿"之类。这是首〔叨叨令〕，那时窑洞里抄来，没背就记脑子里了。对它记的印象，是它教给浅显的常识道理。见到陕北说书的结尾词，也在给人讲这个道理：

　　理是个正、路是个弯，龙归大海虎归山。为人莫做伤天事，作孽难逃鬼门关。这就是善恶得报书一段，我给列位全表完。

陕北说书人弹着三弦，唱这段书词，劝告世人，不论上位在野，莫要作恶，莫要害人。

看书，见说元朝时，三弦盛行中原，为元曲主要伴奏。推想元曲于书词形成演化，或有渊源。

也是那时，在窑洞读睢景臣〔般涉调〕《高祖还乡》，又是克明弄来——他哪儿弄的？那词儿好耍，瞎王留赵忙郎闲汉打科的诨曲儿，一伙子乔男女，讲的华夏文明，帝制习俗，讲坐朝主子出乘皇家车队，指望万民伏拜，使命庄严，且打出来许多面伟大旗帜，绚烂眼目：

　　一面旗白胡阑套住个迎霜兔，一面旗红曲连打着个毕月乌，一面旗鸡学舞，一面旗狗生双翅，一面旗蛇缠葫芦。

噢呀，说书词元曲词诗文词，真都挺好。这些个书文词文曲文，在窑洞里给人营养，叫人喜欢。

唉，至今时时想起，谷子熟时大山里，心中那片黄金般明亮的颜色。

山道那个夜晚

山沟里安静极了。

四周都暗暗的，黑黑的。四周都一动不动。深深的涧里，有底沟的长流水。偶尔听到"啵"的一声水响，像是低低的一声嘀咕。你怀疑那声音根本就是错觉。

"已经快下半夜了，这回怕是走不回去啦，"我心里在想。那个黑夜，叫人难忘。我靠在山崖上，已经靠了半个多小时了。人是再走不动了，肚子里难受得要死要活。

我是天黑了才进的沟。肚子难受，两腮一个劲儿冒酸水，想吐，可是吐不出来。我知道，得吐，一吐就好了。真不该吃那么多哎。想这一整天，要命，连着会碰见好几场吃喝，怎么都凑到一块儿了，真糟糕。一直吃得没停，后来肚子给撑得太厉害了。觉得那是一根弦，在绷着。想到命系游丝的话，这会儿这丝早晚怕就该快要断的了吧。

其实今天这吃撑了也不能全怪我，是高同学传过话来，说他要转回北京了，要我们去送他。说以后天南地北，怕见不到了。高同学不是我们班的，但跟我挺熟。一早我请假出沟，在河庄坪遇上苏同学，他和高同学一班，我们就一起走延安城，送高同学离开陕北。

在延安北关碰见高，他因为即将离去，心中欢乐。高同学拉我们去了大桥食堂，说是他要走了，由他来请大家。大桥食堂里乱糟糟，桌上撒的汤水，地上扔的渣滓，桌边站着要饭的，盯看着饭菜，亮着眼白。这里能买到肉菜，我们要了肉粉汤，要了回锅肉，要了红烧肉，要了肉臊子面，又要了酒。因为这离别，又因为这肉菜，大家都很难镇静。于是狠狠吃，吃得大饱，这才开始说话。拿了酒，祝高回去好发展。

高同学拿出个相机，说临走得照两张相，留念的意思。我们就说，去大桥吧，那儿能照到宝塔山。我们就下到大桥下边，站到延河滩上。延河只窄窄两道水，在沟槽子里流。河滩里到处是石块和湿泥，高同学在大桥下面找了位置，站那里透过桥洞，看见山上那宝塔，矜持地立着。

我拿过相机，对了高同学调焦，就听身后有人大叫："救命！有人落水！"高同学腾地一下跳起来。我回头看，高已越过了我，扑通跳进了我身后的一条河槽沟里。我也跑过去，看见高已经从水里拽出了个男孩子。我甩了相机，跟了跳进去，相帮着把孩子往沟槽帮上推。上面也来了人，把那孩子湿淋淋地给拽上去了。那沟槽不深，水也就到胸，但水流得有些急，不太容易站稳。对我们没危险，可是对小孩就有危险。

河槽周围挤满了人。抬头看大桥，上面都是人脸和眼睛。真奇怪，人聚得这么快。听得周围吵嚷，说是："救人落水了。北京知识青年。"人丛中挤出来个中年汉子，蓝的中山装，别的钢笔——说是男孩的父亲，说是延安中学的教师——上来便谢，不由分说，拉上就走，叫"回家走，回家窑伙坐去"。

我们给拥着走，给推的进屋，给拉的坐炕上，忽然想到的词儿是"被革命群众扭送"，这是时下流行词儿，正被泛滥使用。我们三人就被"扭送"了，尊着坐那里。周遭挤许多人，都看着，夸着，谢着，拿吃的抽的喝的往怀里塞着。面前摆了好几个大海碗，堆尖的洋芋臊子白面条儿，里面见到有肉丁。好几瓶红葡萄酒，都打开盖子。说已经吃过了，说饱了，说吃不了了，说还有事儿呢，说什么也不行，非叫把那些面吃完，"大肉臊子面，可好东西咧"。人们搞不懂不吃的道理。平日里这东西哪儿就见到了？但凡见到了，再饱的个肚儿，"再是往死里也是个吃唉"，没有把它装不进去的道理！

高同学狡猾狡猾，说死说活，打死不吃。苏同学书生也似，样儿白净文弱，肚儿不大，真吃不进去了。我已然很饱，看人家真心，于情于理，看样子得死个一回了。况且这吃喝，丢一回就少一回，下次碰上还不知哪年哪月呢。再说，三个都不吃，肯定过不去，总得有人牺牲，留后面做掩护吧。于是就扮出好汉模样儿，说我代表他俩，吃上一碗吧。结果人家不干，非叫还吃。最后不合又吃了一碗，遂了人家报恩的愿。又将酒喝一通，才算罢休。

告别了中学老师，告别了高同学，往回走时人就不行了。撑得太厉害，简直走不动。从延安城到河庄坪这五十里地，都不知道是怎么捱回来的。苏同学看看不行，说得想法催吐。我们去到路边高粱地里躺下。我仰面地上，摊开手脚，解开衣领，松开裤带。苏同学跪身边，小心在肚上揉，按。折腾了一个时辰，只吐许多酸水，不济事。

就又松松地提了裤子，挣了走。到了河庄坪，苏同学劝留下过夜，我定要走。苏不放心，直送到西沟口。我坚持让苏同学回去，说是没事儿，我们互相扬手告别。看着苏同学频频回头，不放心似地走了。

别过苏同学，天已经黑了。其时山野孤寂，暮色苍凉。独自一个人沿着西沟，踽踽独行，一路上不见一个活物。看看快捱到下半夜了，沟里走得还不到一半路。人难活得不行了，才靠了在这崖根歇着。想到风萧萧易水寒，觉得人有点儿像荆轲，这一去怕要不得回还了。但又想到，荆轲那是去刺秦，我这是真吃饱了撑的，虽说都可能一去不还，但觉着怕不能跟荆轲比吧。

正死寂一般，忽然低低地听到了一个声音："哼呼。"那声音虽低，但听得分明，似响在耳边。分明是一个老人，在作垂危的叹息，耳后感到他轻微的呼气。我一哆嗦，汗毛炸起来，酒醒了大半，瘆得起了一身鸡皮疙瘩。小心回看身后，静静的，地上躺一具模糊的影子，我知道那是我。四周更无人迹，再不见一处动静。

我正站在阳面的高崖上，天上幽幽的半个月亮，冷冷看着我，不怀好意。高崖被它抹了层幽暗的月光，隐约能辨出小路。小路在前边向下拐进山坳，又从山坳里出来再拐上下一个阳面。山坳里连的条窄窄的沟，沟口草木浓密，一片黪黑。里面看不到月光，觉得那声音像是从那片黪黑里发出来的。

我犹豫了一刻。那叹息，是另一边世界里来的声响，是在暗示人近末日时的异象么？这真不叫人愉快。想到不宜久留的话，脚下忽然有了力气，肚里也不甚难受了，便全身紧了神经，谨慎地沿小路向下，试探地走进山坳。提了心，走过沟口一堆黪黑的灌丛，什么也没发生。人定下来，悄悄喘了口气。刚回过头来，这时听到背后轻轻响起第二声叹息，又是"哼呼"一声，清楚地从那黑黑的窄沟里传出来。

我不再回头，快步便走，脚下生风，肚子竟完全好了。大约内心恐怖，人就顾不上去感觉肉体上的难受。这时的前方，山脚远远的拐弯处，我远远地望见了万庄。下夜了，独有一处窑还亮着灯光，那是知青窑。我知道大家还在等我，心里感动。望着灯火，生出对温暖对友爱对安全的渴望。我几乎是跑起来，在一片狗叫声中，奔向知青窑。我知道会有热水稀粥玉米馍留着给我，但我是绝不能再吃了。

又一个夏月的晚上。

我和几个后生走过一个山坳口。黑黑的沟里，忽然又听到了那声熟悉的叹息，瘆人地轻轻一声"哼呼"。我后脖梗一个激灵，一把拉住后生，说："听，那是什么声音?"后生们都站了听。待第二声响起来的时候，后生们都笑了，说："这是哼呼。"我最后搞明白了，这是猫头鹰。"哼呼"，这叫声古怪，陕北人以叫声命其名。

经过了许多年，这故事仍记着，叫我想着大山里许多奇妙。在那个神秘的夜晚，那一只夜神的鸟儿，声像诡异，伏于隐暗处，促我引我回到知青窑，一切平安呢。

山 里

那是到了插队稍晚，知青的生存状况，已然好了太多。

也已经学会了，或做过了，基本上所有差不多的山里活计，譬如整背子背背子、扶犁耱地、拿粪、起圈、打场、连枷这些。关键的是，不饿肚，有吃上的了。知青饿肚，尤其是在下来那年，把人饿结实了。知道了人间，有一种悲惨境界，叫做"饿肚"。

西沟一道这几个庄子，派下来的北京知青，守规矩，出着早工。早上黑黑，摸起身，山上干到天亮，才吃早饭。挣工分去队里领口粮。知青都是一个人，而老乡有老小。更那时节，不断有同学家里找关系，招工调转离开。离开都大欢乐，刮风也似跑毡了。那是去吃公家粮，就都口粮不带，知青灶粮食便多。比起老乡，知青一满有吃上，都精粮食，玉米黄米小麦糜子这些。当然最多，还是小米，只是没油没肉。虽不肚饿，人终是馋。

一日出沟，路过红庄。有人呐喊，头顶听见在叫名字。抬头看，是许小年。瘦瘦根棍子似的，立在个硷畔上。红庄那时，没剩几个知青了，冬闲都跑北京探亲了。小年如何却没走，而今窑里只剩个他，一个人，在没头没脑地乱晃。

许小年和我同班。刚上中学时，他小不点儿，站队在小排头一侧。我那个班，还有三四个比我高大的，我只偏向些大排头。在学校，与小年同学还其他同班同学，寻常时上课，"文革"时不上课，去做一通老三届茁壮成长。没留神何时，他怎么神经，闷声蹿起来。蹭蹭蹭往高长，刹车不住。迎风一晃，一下子人比我高，又瘦，就成了棍儿。可知人呐，也可能是男孩儿，会后发高人。开始不长，发育在沉睡。然后触动体内什么阀值，忽然苏醒，拔节疯长。

小年看我来，高兴。冬月冷清，说能有个人来，就有个能说上的，咱俩一处好耍，于是就一同去他们窑。不出沟了。也不回万庄。窑里没别人，就他。那次就在他们庄，直住一天，抑或两天。不记了。

噢，天太冷了。大白天，两人都炕上，拥了被儿坐着。小年说起来，说我们看文学古典，尽生字。其实都熟字。其实没生字。其实咱们认得，还准确知道意思。甚至会自家作文使用，只是不知如何读音。他这说，我很认同。小时祖父家，有演义回本。木刻竖版，繁体字，薄的棉纸。小孩儿家为三国张飞赵云，不管不顾捧了看。读到俱是"发张角之棺戮尸枭首",或"操问休咎皆不肯尽言"之类言语。嘴里去读时,变成"发张角之棺什么尸什么首"或"操问休什么皆不肯尽言"。戮枭咎,皆是不读。但戮尸、枭首、休咎,意思都懂,只不会读音。"咱们拿本古典,把读不出来的字,一个一个挑,查字典做笔记,认真不偷懒,整个章回做完,必大有长进,"小年跟我这么说。他提议:"咱俩一块儿,做一回《红楼梦》。章节通读,一个一个查字儿,如何?"他建议,是去做那梦。可能那时,窑里他只有个梦。

反正,小年就拿了《梦》出来,上下两册,抑或三册不全,缺一册。不记。两人做分工。我读,挑字;他查字典,读音词义,记个小本上。

我捧了《梦》,找字。小年擎杆笔,拿《新华字典》,查字,记录。第一回《甄士隐梦幻识通灵》,读的一句"不觉飞甊限斝起来","斝"字不读。小年查,告诉说:"jiǎ,三声。"又去记:"青铜酒器。圆口三足,一耳。"又翻一回,读一句"临窗大炕上猩红洋罽","罽"这字,目瞪口呆,结构无暗示,完全不能借读。小年就查,说:"jì,四声。是毛毡。"两个人学到了一个这么复杂的字,像是钓条大鱼,很快乐这收获,人越发的有了文化。炕上说有趣,说在长知识。

这个"罽",后来书不禁了,出书多了,读到也多了(很开心),就看到汪曾祺老也说了"罽"。汪老证"罽","是杂色的毛织品",什么古书说的。并说那花纹,类似鳜鱼身上杂

1972年在延安。左起：谢侯之、王克明、许小年

色斑点。说鳜鱼古为鱖花鱼，后误为厥鱼，再加了鱼旁成鳜鱼，"桃花流水鳜鱼肥"。"鳜"音"桂"，大众弄成"桂鱼"。

两人做那梦。读下来，记不少。记得发晕。又见到多笔的字"堂前黼黻焕烟霞"。这查得费劲，竟是入个"黹"部，小年说："念 fǔfú，一三声一二声。"他夸，说这词儿很文化："官礼服上黑白花纹。"这时就看到句子："却只以纺绩井臼为要。"我说，纺绩井臼，应该是成语。里面那字，绞丝旁，右边责备的责。小年就查，说："这字儿念 jì，四声。"认真了，边记边告我："绩，动词。捻搓棉麻成线。纺绩、绩麻，"又看一下字典："这字还有一个意思，"继续念道："功业、成果，例：成绩……"两人一下，都愣住了。忽然齐声大笑。直笑得炕上打滚儿，眼里泪花。

最后，我两个都同意，这汉字，很是古怪。它图画形状，有个奇异视觉现象：任何一个字，盯着看得足够久，会陌生，会忽然的完全不认识了。

那个时代，定义我辈一类，叫作"知识的青年"。青年必知识了，才符合这名称叫法。对知识，也没使劲说它不好，有少量是可以的，只是说太多了就反动。革命教导"知识越多越反动"，所以知道，知识青年，第一得知识，第二得少量。知识多多少才反动，尺度规定并不明确。这是种灰色把控，让人敢去对知识悄悄带了些不声张的喜爱。

这件故事，过去了半个世纪。又见小年时，是他来。在我这儿住了两天。两人说起许多过去，忽然想起来查字这段儿。问他当时我们炕上，那梦做了一天，没做完，怎么停了呢。他说是做一天还两天，不记。为什么停了，也忘了。记的小本本，早不见了。是哎，那些个岁月，已经不再。那时的那些个我们，青春总被，雨打风吹去啦。

小年来，睡那房间，两面有三扇大窗，朝东朝南，没装窗帘。一张双人大床，可睡"大"字。清晨柏林阳光灿烂雄壮，致他完全不能安睡。我临时胡乱弄卷报纸，凑合胶带贴满，将大窗遮定。用的都些本地华文报纸，上面满满的中国字。贴完那景象，哈呀，竟赫然的山里人报纸糊墙，显一派河庄坪公社干部们窑洞里的旧日时光。于是开心，推小年睡进去，让他回首穿越一回，感受或是重温延安时的插队气象。

这墙贴带字儿的报纸，记忆里存的有这印象，是快过年，碰巧，跟小年一路，一起出延安探亲回家。

也是出沟，路过红庄。小年上头硷畔唤我。说是他今天也想回北京，咱俩可一搭走。说他队里请好假了。说是不忙走，快些上来，米士祥家叫上来吃饸饹来。饸饹羊肉荞面的，可好东西。

米士祥是红庄老书记，可好老汉来咧。那跟我又不认识，只知是北京知青，万庄的。就招呼让来家吃羊肉饸饹："我叫小年把你喊上来！不忙走些，吃羊肉饸饹来。哎，叫个谁家？哦，是叫个谢家！好！好！则，回窑来！回窑来！"进窑里，听的一叠声："则上炕来！上炕来！"陕北老乡，这方水土，这些实诚的好人哎。

就老书记，小年和我，都叫上炕，盘腿坐定，等吃。灶前些女人婆姨。西沟里余家沟知青，有王克明王同学，记录这文化现象：男人等在炕上，"尽情拉话，不理会炕下婆姨忙碌"。

坐那窑，看墙上炕围一圈，就是糊的带字儿报纸。一如小年柏林睡房贴报纸。张望一回，都伟大题目："越南人民必定打败美帝""毛主席给世界人民指明幸福方向""活学活用毛选种田为革命"。显然是老书记，有的好思想好文化。乡里并不家家报纸糊墙，没那许多报纸。

老书记的婆姨，好老婆儿来。搬来食盘，摆到炕上。盘里些辣子葱韭小碟，还小碗自家酸酱，洋柿子捣的糊糊子。洋柿子就是西红柿，陕北叫法。食盘长方，木制，有边框。漆红，绘的花鸟。王同学克明好考证，"好"这里须读四声。告诉我陕北食盘古老。说东汉孟光举案齐眉，便是举此物，而非举的案桌；说这长方"有足曰案，无足曰盘"，内蒙那儿是案，木盘底有折角足；又北地闭塞，致古风许多遗存，说这遗存现象宝贵。王同学很努力，后来作大书，查陕北方言里的古意，作百项千项考据，成的专门学者。

我万庄出来，已经吃过。因快过年，家家高低有的些肉。听我要探亲回家，就都来邀。庄里吃过两顿，走那天，庄里又吃一气。马楞儿家，毛喜发家，都些羊肉腥汤臊子饸饹。现遇这红庄老书记又请。知道吃不下了，嘴里连说："谢谢，谢谢！万庄吃过了！吃不下了！"可还是坐到了炕上。那心思很不健康，大山里教给下的：好吃食，命数叫赶上的唉。碰到不易！快不敢误下，误一回少一回呢。

老书记家羊汤饸饹，果然与别家不同，羊汤羊肉都特别香，真好吃。不合吃了一碗，添了一碗。

感谢了告辞出来。小年去拿些什物，两人出沟，肚里就有不适。走到河庄坪，人难受，是吃太撑了。过兰家坪，人不行了，要死要活。嘴里大冒酸水，吐不出来。后悔呀，人发誓，赌天咒地，说是以后再饿死，绝不吃撑。

我跟小年哭腔："难受不行了。"小年说："吐，吐出来就好了。"我说吐不出来，我要死了，你们老书记真是害人呐。小年焦急："还顾上胡扯。你两个指头往喉咙里探探呢，看能不能催吐。"我去试，不济事。小年乱转，捡根树枝："我给你捅捅。"但他害怕，呕吐若喷薄而出，会是全身挂彩，须是气味不妙。他使劲捋袖子，大冬天，白晃晃伸出来一根胳臂。两人站好，相对了，隔数尺，都前探了颈子。我大张口。他白白一只臂，远远探着，伸的树枝，小心去捅。那画面生动，想到是齐白石，画两只小鸡，在争一根虫。

这时路上，走来三个兵，一男两女。看到两只小鸡争虫，问你们这是在做甚，答："我们吃饱了撑的。"女兵梳两只辫，说话声音好听："什么吃饱了撑的?"我哭丧了："是我，我是真吃饱了撑的!"搞清原委，他们都笑。这些知识青年广阔天地，尽些胡来。哎呀，这并不胡来，这是不同命数。你们兵们吃的皇粮，不懂知青。我们是给饿怕了呀，再不敢错过吃喝机会哟。一遇吃食，人就失控啦。我们福气，遇到救星。这三个人是卫生兵，带的医箱，就拿药出来。不记何药，总消食消胀舒胃一类罢。我们就把兵们好一通感谢感动，说是人民子弟兵，说是救了人民性命。

到了晚些，肚子才慢慢消缓。人感觉这回，确实是给吃伤了，有了绝不能再吃撑的先进思想。

那时走出延安，先得坐长途汽车到铜川。延安长途汽车一天只有一趟，清早六点发车，开一天，下午到铜川。赶稍晚，有一趟去西安的闷罐子载客货车。

我们那日出走得晚，必得在延安过一夜。第二天清早去坐长途车。而今忆起来，奇怪我们两个那晚，延安城里哪儿过的夜呢。熟人? 朋友? 知青办? 不记了。哪儿都可能去过夜，就是不会去旅馆。

很早很早，我有的经验，不是很好。是刚刚到延安，夏天的事儿。有次怎么天晚了，给耽搁在延安城，沟里没能走回去。人傻乎乎，不知天地高厚，竟是要去看旅馆。

其实也没故意去找旅馆，是没头苍蝇，街上找看哪儿能睡觉。看见旅馆，没心没肺，就走进去。那是第一次，只是看一下的心思。那时延安很破。街上旅馆，还其它商店，都小破，都门板房铺板房，铺板都暗红陈旧，旧时客店商店那种。

　　走进的一家，进去大屋空空，一柜台，还有什么。去打问宿夜睡觉，答曰：楼上。叫我抬头。看到那屋中央，天花板开个方洞，阔可一人。伙计样店小二问我："住么？"就端过来一个木头梯子，搭到洞上。他手扶了，示意爬梯上楼。我爬上去，脸甫一露出地面，震撼。挤的几只人的脚底板，碰到了鼻尖。转一下头，围四面一周，都大脚丫子。整个地板，是一通铺。脚朝方洞人呈放射状，躺地上一圈。夏天和衣，十几男女杂卧，许多气味。看见个女孩——是女人，奶子雪白坐那里，敞怀奶孩子。

　　我赶紧爬下来。眼睛里脚掌，老茧鸡眼脚皮。仓皇跑出来，感觉那种样式儿，有些极致。人还不是太能够适应。

　　自此，就不去再碰。走哪里，都不进旅馆。有钱没钱，问也不问。就是呀，有钱拿去买肉粉汤吃，比什么不强！就都饭馆饭铺车站长椅，坐那儿一宿。记得还什么小学校，看放假没人，跑人家教室拼四张课桌，睡的一晚。学者王同学克明则说，他们是单位院子里找卡车，空车带帆布篷那种。几个知青小子，高家庄打枪的不要，悄悄爬进去，消受一夜。这心思，就聪明才智。待后来，我那西沟山路熟识了，走城回来再晚，月亮星星，腿儿了走下夜，也得回庄，定是要去睡自家炕上，方得安稳。

我不记那次与小年，延安如何过的夜，但记得与他在西安坐半夜饭馆。小年是回京，等两点还是四点四川开来的过路快车。我要七点去赶到蓝田的长途汽车，那时父母迁去了蓝田。深夜，两人待个车站小馆，通宵营业那种。店伙计过来催，叫说吃完赶快走人。我们没法走人，外面湿淋淋，淅沥淅沥。那些小雨，且在想着怎样变成雪。我们就每人再去要一碗馄饨，不吃，桌上放着，买能够那里坐着。店里其实没人，更没站了等座的。困得不行，但你不好放肆去枕桌子睡觉。坚持哈欠了，直坐相对，说咸淡的话，表明在就餐。曾戏改苏学士，叫作："夜来车站欲还乡。坐小铺，不喝汤。相对无言，困得泪多行。"只两句。

唉，探亲回家，路上总会有些周折。但那次，两人其实无事，都各自顺利到家。

小年后来去美国，学经济，成大学者。许多伟大见解。《人物》说其是"市场派原教旨主义者"。他西沟红庄，经历到穷苦底层；看自由自留，救农人讨一口活路。故偏执不移挺市场，吁解绑自由，反对政府干预。去赞哈耶克，去望珠穆朗玛峰，去挑战凯恩斯。小年讲给我故事，2016年他登了非洲最高的乞力马扎罗山。那座炎炎赤道，峰顶皑皑冰雪的山，给人认知上的悖反。站那峰顶，人感慨了："珠穆朗玛峰比乞力马扎罗山高太多啦。"坐柏林沙发，他告我计划，写书。

此生去专注一件事，写一本经济学上具意义的书。他存的心思，这世上再任怎样，再不去张它。自己的mission。只去专心静心。

住这里时，我做西式早餐。见他能稀起司、软起司，能生鱼生火腿，煎蛋要溏心，每天必须带皮啃一个苹果。然后地板上仰卧起坐，牙膏则必须Sensodyne。很有一种活法。便以为他那大书，必能遂愿，写完成功。

先前小年就曾来过。还拉着去了一回馆子。我山里待过，待柏林就很土，该叫作柏林土人。待数十年，也无档次品位。不鲍参燕翅，不鱼子松露鹅肝生蚝。街上都是匆匆路过，经常只小吃快餐，几不去酒店饭馆里坐着。一直乡人眼光，超市去看猪牛鱼蛋，都已感到百姓们大好吃食，比万庄沟里天上地下。就乐陶陶，感恩知足。自己爱做，每日烧两顿吃喝，快乐事。对柏林馆子的名堂名目，严重缺乏知识。小年来，想是地主，得出去一顿才合道理。单知道德国猪肘，可概括日耳曼野蛮饮食。就找了一个百年馆子，柏林人介绍的，说是精彩，说是要事前预定座位。去时果然坐得满满，柜台报了订餐姓名才得到的座位。

百年馆子，吃了一过。平平，中规中矩，不感觉味道怎样特美。猪肘白煮，给一人点了一个。上来时，肘子柚子般巨大，果然野蛮。小年被震撼了，抱歉笑了对我说：这大个玩意儿，他的那份儿，他只能切一点点吃。这非常斯文，是可以走近林妹妹宝姐姐。想到当年，他拉我进的就是那个梦。两人就合吃一个肘子，另一个打包带了回来。

那时妹子妞子正在这里。她见白煮猪肘，说冰箱有糟卤，她把猪肘切片，入糟卤浸制，味道竟是极美。瓶装糟卤中国货上海产。妞子跟我去亚洲店，她有知识，货架上拿的。

唉，河庄坪西沟。这知青几个，在那山里背麦谷柴草，走那羊踏的硬路。那时不曾料到过，会摇身一变为后来的学者。噫，这是非正常时代，大家各自挣扎各自透气各自对内心顽固不化，做的恪守，真不是件容易事。在各自记忆里，脱离主旋律，荒腔走板存了些胡乱的故事。

野　草

一

记着许多插队时的情景，甚至连些细小的枝节。

人生至今，许多地点许多的经历，都剩些淡去的印象。唯独大山里的一段日子，很是新鲜。像是发生在昨天。许多印象，是蒙太奇的镜头切换。画面高清，刀刻般线条锋利。

于是，我便记得那个画面。西沟，大沟对面的东山。中午干活歇晌，正吃过了干粮。

那一刻，我立于延安县河庄坪乡万庄村东山顶的峁子上。

你若也立那峁上，可穷望眼。广阔天地，四面黄土。光秃的山峁，袒露无遗一无遮掩。绿色不着丝缕，赤裸着连绵无际。

后生来福立一旁，随了我，也去望那山。看一气，发感慨说：一道儿路往北走，走两个月，怕走不出这地界儿。

我不去搭话，又呆看半晌，才出口长气。收了目光，转过身来，一旁李成旺老汉，在地里秋耕。老汉精瘦，年轻时走过鞑子地，浪过青海甘肃，地里好手。此刻正赶了头黑犍牛，走得滋润。拐子腿一弯一扭，身后那沟却犁得笔直。

　　一趟来回，老汉快活了。见他直了脖子，一句高腔，嗓音劈裂，破空而出："哎俄那干妹子儿你（呃）一走（哟）——"。

　　调儿干嚎出口，不睬发声学派。"哟"字后面长音，拖腔不断。拖音里带点儿凄凉，随老汉淡淡地抽丝般飘着，一口气不换犁到地头，方吐出那后面半句："——那个十里坡"，忽地煞住，调儿剁掉似的戛然而止。老汉直了身，膛音响亮，"嗨！哈！"地呼喝着犍牛，将耩子拔起来，向地上磕得山响。

　　这种拖腔悠长，结尾急煞的吼唱，信天游特有，我想它是在山梁上耕地的吼唱。牛走不到地头，那腔就在口中拖着。到了地头掉头，口里气也快没了，得一下子把调儿剎住。这老汉剎得漂亮，让我听得喜欢。

　　一道沟来，都说老汉唱家，年轻时好风流，所唱信天游，诉的男欢女爱。调儿直脖白嗓，词儿热辣撩人，透一股原始欲望的粗野，如土窑热炕酸烫的浆水面，有一丝馊恶，却带得野韵。来福也喝彩，评论道："老汉好本事！一道梁一口气不换，好唱！"

　　老汉也笑，得意道："尔今好唱家难寻咧！"

见个婆姨，提个饭罐送饭上来，老汉放了耧子，去卸牛歇晌。我和来福掉转身，宽宽地放水，懒懒地转来。思想什么时候，专门找回老汉，叫给吼上一挂。

　　走回来，老远望见谷子地，东倒西卧歇晌的汉子婆姨，都衣衫褴褛。饭罐家什周遭摊一脚地，空中见了淡淡的旱烟。

　　队长张士杰脱得赤膊，枯树般一身好皱皮。双手捧了布衫，定了目光翻寻，把虱子掐得作响。我仰他近旁，胸前摊了本看烂的英文简写本，望着而今记住的那片蓝天，编排着我该是哪朵浮云。

　　张文成老汉坐一旁，身边围几个闲汉，听他在眉飞色舞——只是干咳，管道似有不畅："那阵儿些，中央在枣园，每礼拜要开舞会了。"老汉又怀旧了。

　　"除过本地些干部，还来些大后方的。"眯了眼，老汉吐出烟锅中最后一口烟，很惬意。

　　他把烂鞋脱下来，烟锅中余灰磕到鞋底。又去烟袋中掏挖："大后方的人，咳，我看着个个日脏。男的头上都戴个有边儿的帽，叫个礼帽。女的穿的叫个旗袍，"老汉用手比着侧腰："倒岔口就都开这么高，露着大腿，白个生生价，里面不穿裤子。"

　　婆姨汉们都一脸淫邪，人人笑得开心。

　　老汉来了兴致。当年他在枣园当游动哨兵，见识非寻常庄户人可比。"干部就叫来些战士，搬些筐桃儿杏儿。尔后公布了，叫个'舞会开始'，乐队就奏乐了嘛。一个汉搂上一个介婆姨，一拐一拐的，走（就）这么个，"老汉左手搂抱状，右手虚拳，空中半举，两肩一晃一晃，示交谊舞舞姿："兹扭抱个一老气。"

"跳舞可以搂抱别个人家个婆姨，婆姨的汉不兴生气。这是中央规定下的。"老汉挤住眼，笑眯眯地。

"嘿呀！"汉们于是都兴奋了。

来兴儿婆姨说："你那阵儿咋不跟队伍干下去？"

"咳，谁知道他毛主席日后能到北京坐上个龙庭，"老汉着实感叹。

"你那阵要是跟了干下去啥，敢个今日也像他毛主席在北京，见天儿好烧酒喝上，好肥肉块子喋上！"根宝便遗憾。

"就是嘛。"众人都惋惜，齐声附和。

李富贵老汉也就感慨："就看这些了。"他指指知青，"毛主席把北京学生派到这苦地界儿，为叫看下边老百姓咋个苦情。将来这些都要回去做大官，好叫不要忘了咱老百姓"。

"侯子，王新华许小年走了大学，想了吧？"来福扔过个土块，打在英文书上，想找我说话。

我正好心情，便笑笑不答。

"看那号书毬用了！"来福恨恨地说。

张士杰头不抬："砚华侯子几个，都好文化咧。咳，跟咱这搭儿苦受够了，该都叫出去住大学。"

李富贵老汉探过身来："公社要问下来啥，咱这搭儿几个北京学生好着咧。队上坚决叫去住大学，叫早些都升个状元，将来都是好官，把咱中国领导着，往富上搞。"

众人就都点头，说对着咧。

二

我记那时，插队已有三年。万庄残留这几个知青，都是父母因了问题，划的"黑五类"阶级，"文革"且遭揪斗抄家之祸，知青参军、国防大厂招工，向无缘分。

但1972年大学重开，推荐招生。后不断谣传，说要恢复大学考试，这消息让人心怦然而动。上大学的诱惑力实在太大，即使明知非分之想，几个人却自欺欺人蠢蠢欲动。

大家搜罗各色初高中数理化书本，每晚窑中早早坐定，将煤油灯擦拭得雪亮，带着由幻想生出的激情，贪婪地读，好像在撑那可渡到彼岸的舟。

我那时才发现，哪里用许多时间，乃至一学期，去学一本解析或什么加速运动。一页一页读看，很快便可了却一本。没两天便宣称干掉了所有找到的课本。这时砚华说不行，要解习题，否则理解不深，所知不自由，不自由便超不出窠臼，不可有大造化。于是便又开始一道连一道，一题不落地做习题。

砚华姓史，万庄队知青中的高中生，来自北京四中，那是有名的尖子中学。这里其他知青都初中，因此他是万庄高知。人清瘦单薄，身形微晃，脸总略失血色。上唇微压着下唇，嘴角紧张，一种夫子做事到底，劝不回来的感觉。

砚华无线电很熟，精于焊电子管晶体管，但他最是偏爱近代理论物理。手上几本科普册子，早已翻看得烂了。嘴上时时挂着变化的尺与钟，俱是相对论的深奥题目。这一阵，迷上一本美国大学的英文物理，如牧师捧了《圣经》，夜夜贪看。这书真正原版，我自家中角落拾得，揣它到了陕北，以为宝贝。家里长辈羁旅欧美，因有此物。但它躲过抄家，也是件奇事。

那一回，记是晚上，其他知青都走了城，只剩砚华和我在家。

收工下来，两个在窑中各自拿了盏煤油灯，把灯罩沾了水，擦得光鉴照人。因看了米缸，已然粮尽，只剩的些豆杂面在个盆里。想那面做来费事，又见煤油灯装了罩，亮堂堂光耀了满室，造出一派安谧。于是不去举火，都捧了书去灯下读。一时间窑内安静，两人如坐大学图书馆。三个时辰下来，直读得饥肠辘辘，胃也疼了起来。

我去和砚华商量，说高低得弄些吃喝，饿紧了肚疼，书也看不成。正商议，门哐当一声，跳进个小女子来，定睛看了，却是张文成老汉的小女儿彩云儿。她手上拿了张八分钱邮票来说道："俄大说上次给榆林老家寄信，借了侯子一张邮票，昨天俄大去城里买回来咧，叫俄给你送来，怕耽误你要往家里寄信了。"

我犹豫着不肯接："什么时候的事，我怎么都不记？"彩云说："肯定你来咧！俄大不会记错的。"还没说完，又听彩云儿叫起来："嗨，这多晚了，这些还没做饭吃？"我说："只剩豆杂面了，不好做。又没个瓜菜，熬不成和面。"彩云儿作嗔道："那就不吃了？两个懒鬼，饿死不冤！"话没说完，邮票甩到炕上，门哐当一声，人已不见了。砚华搓搓手，快活起来："这下有热杂面吃了。"

不一刻，窑门撞开。彩云儿抱个面案板，后跟了秀莲、金花几个小女子，拿几棵胡瓜豆角西红柿之类时鲜蔬菜，笑嚷着拥进门来，手脚麻利，分头升火，切菜，揉面，烧水。一时窑内作了戏园，闹成一团。我和砚华赶忙合了书本，殷勤袖了两手，上前旁观助阵。

见彩云儿把一根面杖，在案上擀得进退有据，极是招式。耳边响声大作，节奏如闻鼓点。那面片被反复撒了薄粉，叠合多层来擀。片儿越擀越大，也越擀越薄。最后竟薄帛般匀细，几可透光。彩云儿直起身来，我和砚华都喝彩。

彩云儿说："俄这不算薄的，楞儿家婆姨擀的才叫薄呢。二天（改天）叫她给你们擀一回来。你们北京学生不会擀，把好东西都糟蹋了。"一头说着，将面片叠起，刀法轻盈，将面切做细宽条。金花几个就把瓜菜下到汤锅。彩云儿去酸菜缸，撇开浮面的白霉，向底下舀出碗酸浆汁水，拿去锅里点了。汤里又去撒盐粒，加辣糊，费出许多周折。待汤滚一滚，便七手八脚把面条往锅里丢。秀莲又去细切一大把葱花，说是待面好了撒上去。

静等开锅，听几个女子雀子般七长八短，说些见闻消息。金花说："昨儿黑个红庄来电影队。你俩咋没去？"秀莲说："放电影要用脚踩机器，咱庄几个后生也上去踩，好耍了。"彩云儿却说："电影里演的是外国人，尽是开枪打仗，死好多人。看一气，解不开咋回事。"我便问砚华："你知道是演什么电影？"砚华摇头。彩云儿说："好像是叫个列宁咋了。"

说话间，面好了。揭开锅，雾气蒸腾，见那汤面镤里西红柿豆角瓜菜，点缀的红绿黄白。秀莲将葱花大把撒上去，搅一下，酸汤的香气浓烈，扑了上来。我忙取了三四个碗来，招呼几个女子一起吃。彩云儿金花都笑，说是谁像你们，饿死也不做饭。我们晚饭早吃停当了。"你们款款吃，没人跟你们抢。那一大锅两个狼怕还不够呢！"说着就都站起身，拉开门，小鹿样地跑了，身后流了串铃样的笑声。

我关了门。砚华笑着摇头，仍在感慨，说是民风淳厚，远胜都市。

两人都饿得紧，各自舀出大碗汤面，捧起来忙忙吃个山响。那面吃到嘴里，真个筋道爽滑，更配着汤水，酸鲜辣烫，直吃得鼻涕眼泪淌了满脸。怪道都说豆杂面做好了吃得令人不忘，果然不虚！

一大碗面下肚，人有了气色，便感到缺憾。我对砚华说："不喝口酒可惜了。"砚华也被勾起，因说到，村里供销社小张大约没睡下，去赊瓶来喝吧。于是两人跑下院，供销社账上赊瓶杂牌烧酒，心满意足地回来。

两个灯下重新坐定，将酒倒大杯，互相祝愿了灌下去。又去盛来热面，将热杂面佐了酒，款款地吃喝，间叙着些闲话。

灌了烈酒，觉杂面汤愈发滚烫。肚内烘暖，话也渐多。

"我有个假说，心里藏好久了，"五七杯后，砚华放了筷子，看了我忽然说道："最近渐渐在脑子里想得清楚，我说给你，"我见砚华面皮红热，人近微醺，"但你要答应，先不要把想法乱说出去。"他因此表情庄严，认真说："我们的数学知识不够，没办法给出来严格的推导证明。光有想法只是一种猜测，理论上没有依据，出去给人说这猜测，等于胡猜。希望有一天，我能有足够的知识，把它给证明出来。"

我好奇，也觉到庄严。于是说道，我发誓。

他便缓缓说他的假说。

我现代物理知识不够，听一气，云山雾罩。但直觉他想法极有玄机，或可说很具领悟。那假说简单且复杂，是对能量质量互变的一个大胆新颖的感悟，似乎是在另辟了蹊径。

"我觉你想法有一个可贵的地方，是打破常规，取了一个别人没有想到的全新角度。"我因了酒，也就兴奋。听了砚华的假说，忙忙地企图贡献。我们两个都同意，科学上突破，需要灵感或悟性。

砚华认为，若是凡事都习惯用打破常规的思维方式，就会受益，将来有可能有突破。"比如麦克斯韦方程，那个人为加上的一项位移电流，我猜就是麦氏悟性所致。"砚华停一下，又补充说："但是那个悟性，是在有了数学物理系统知识上的结果。光有灵性不够。我们需要有学院式的基础训练。"

我以为他的确了不起，热烈喝彩。当下大杯满了酒，立起身，祝他日后假说证明成功。两人都把酒一口直灌了，喉咙觉到火辣。我至今记得土窑中当年那一幕，那时我们年轻，有一种地球踩在脚下的感觉。

见酒倒空，大汤面锅也见了底，便放了碗筷，推门出来。外面夜已深深，全村尽睡，余一片寂静。听窑门涩涩一声吱呀，分外响亮，恍惚僧推月下门。又醉些酒，两人摇晃着往后井沟坝转去。

记得那晚，月朗风轻，甚好夜色。空中那月，白得耀眼，四下里是清辉。只是静极，脚步细语，清晰可闻。空荡乾坤，仅余了我们两个人。

后井沟坝里，聚的一坝清水。月光下数百点粼波，无声地细细闪烁。

砚华便如此呆立岸边，久久去望着那水，脸上波光涟漪。我也被这静谧感动，静立水边。听到砚华说出内心愿望："要获得严格数学证明的能力，就得上大学。为这个假说，争取上大学。"他回过头来，看了我，鼓励道："我们都来努力争取，想法上大学，我们虽然都家庭'黑五类'，即使只有百分之零点一的机会，我们也要做百分之二百的努力。"

三

记得一日，傍晚时分，云霞流了满天。

乡邮陈保发推个车子到万庄，下院去撂下些知青家信，手里另捏块纸头跑来场院上寻我："快，侯子，你家里寄好东西来了。"我忙停了手中活计，接过纸头看，见竟是张包裹单。家里已半年没了信，心里自是欢喜。当下便和队长把假请好，说第二天走延安城去取包裹。

第二天清早，便不出早工。饱睡了一刻，人方懒懒爬起。出得窑，见四下晨雾一片淡红，天色绝好。灌了两碗米汤，又将窑里打点了，这才换了件布衫，离了庄子。

万庄所在山沟唤作西沟，万庄村距沟口近三十里，出沟口可望见延河川。沟口再三两里是河庄坪大队，这村也是公社驻地。此处距延安城又三十里。

出沟口，渐近河庄坪村时，日头已高。见路旁不知何时多了间茅舍，围半截土墙，探一头老树。才记起已大约半年多没出过这沟，头发也尺把长了。

走近看那茅舍，见门上一块木牌，上书"工农食堂"四个红字。原来是个饭铺。心中一喜：方圆几十里，还不曾有卖饭处。于是抬脚进去。

屋内窄小，空无一人，歪两套方桌条凳。一面墙开扇小窗，墙那边大概灶房，饭菜该从这小窗口递出。旁边挂块黑板，歪七扭八的粉笔字，似是菜牌。正待细看，身后已转出个老板娘，徐娘年纪。见有客来，格外殷勤。招呼落座后，便上来讲清规矩："是生产队社办单位。买一个菜，可以普通粮票带买两个馍。不买菜，单买馍不卖。"

我起身去读那菜牌。除过炒洋芋丝之类外，赫赫然三个肉菜：回锅肉三角五，过油肉三角五，红烧肉四角，价格确是不菲。下意识地摸下裤袋，我知有张十元大钞。因想到父母寄这钱不易，轻易地没有用它，思想秋后作路费回家，藏了竟近一年。但这半年人窝在山沟，粮且不够，更不见个腥膻。现见这肉菜，人馋得万恶，如何能挡住不去吃它？于是将钱攥着掏出裤袋，对老板娘说："三个肉菜一样来一个。有什么白酒，来上二两。馍一个也不要。"

老板娘听了，面上放光。但见了那钱，如见马克·吐温的百万英镑，说："哟，咋这大钱，这可给你找不开。"我说："且放着，先上菜。吃了再计较。"

待那菜端上来时，红卤亮油，盈室肉香。等不得细看，拣大块肥瘦塞到嘴里，咬下去，肉和油溢了满口，手竟快活地发抖。可怜价长年不见滴油，人如野狼般地想肉。无一刻，二两酒下去，三盘肉渐见盘底，人也酥了八分。

转眼便空了三个盘子，却意犹未尽，心下怅然。伸手抹把嘴脸，这才抬头。想了一想，慢慢看了老板娘说："原样再来一份吧。三个肉菜，二两白酒。馍不要。"

老板娘听了，欢喜不迭，说："这下那十块钱好找了。你这北京学生，哪个庄的？真是好吃手！"拍下手，雀跃到间壁，吼叫灶房出菜。

第二份上来，便吃得斯文有样，动作也慢了许多。方见到红烧肉里还放有粉条子，肥肉皮上生多根长短猪毛。

会了账出门，感叹肉酒皆足，难得平生一回。但想到竟将六份肉菜扫得盘空，有些骇人。作怪肚内也不甚过胀，可见平日油缺得残酷。又想到水浒里武松，酒店中唤店小二，每每是："打二角酒，切五七斤雪花膏也似的好牛肉。"快活便似今天这般光景。如此这般，胡乱思想了望延安城晃去，脚下轻健许多，竟不觉路遥。

顺公路进延安城，街上驴马渐多。寻到东关邮局，递上条子，取了邮件出来。见是一小布包。撕开线，竟是两条腊肉，着细纸包了。打开来，见肉二指余宽，白多红少，油汪得亲切。另有母亲家书一封。信中写道，父亲仍在猪场喂猪，很平安。生活费有的发，不多，但一切都好，勿念。又叮咛，可怜你陕北没有营养，这两条肉搞得不容易，每顿切一小段，放菜中添些油水，千万细水长流，方能消化吸收之类。

收了信，携包裹出来。又街上胡转一遭，眼见日影歪了，这才往回赶。

过河庄坪村时，已近黄昏。想这里朋友多日不见，便拐进村里，径转到知青窑。听见里面喧闹，推门进去，除河庄坪小苏外，砚华克明几个也在。我知他们月前派在公社河堤出民工，却不想聚到这里。

窑中脏乱，空中飞大团苍蝇。灶上不见大锅，铺块秫秸盖帘，上面立着半瓶白酒。窑里散乱些字纸。

几人见我，都欢喜。砚华告诉我，他被召到公社给河堤出战报。"你能画，给延河战报出个刊头吧。"克明捏份稿子跑来，一副馋相："今天走城啦？可带的荤腥？"

我笑而不答，伸手却去包裹中，将两条肉霍地抻出，得意道："腊肉！"

话音未落，几人欢叫，抢将上来。克明手快，还不及看分明，已然咔的一声，将一块肉咬下到口里。我忙喊，那是生的。众人也喊生的，合力将他手上的肉夺下。克明嘴仍在嚼，一脸狐疑，说："我觉挺好吃，不是生的。"

大家都看那肉，色如黄玉，仅一线红瘦，便都夸赞：这肉真是极品。叹我家人眼力不俗，又说如何能弄熟了它。小苏说，做饭灶在女生窑，去了狼多。不如在这里弄，主席老人家说："弄伤十个指头，不如砸断一个指头。"只是这窑没有灶火。

砚华说："我有办法。"于是出去，又回来，手上捏了条电炉丝和一根电线。奇怪他神通，不知哪儿找的。砚华窑中巡了一回，选块平整处，拿把改锥在地上抠了条回纹形槽。将炉丝细心嵌入槽中。又把电线两端皮剥了，拧出些裸铜硬线。将电线一端的两条铜线绑绕住炉丝两端。另端捏在手里，问小苏电门在哪儿。

河庄坪村沾公社驻地的光，村里窑洞都拉了市郊电。小苏就把电门指给砚华看。砚华手捏了两根铜线，分别去插电门座的两个孔，插得电花哗啪声大作。大家都紧张，说是：小心触了电，不是耍处。

砚华倒镇定，悬悬地将电线挂在电门上，直起身来得意。大家忙看那炉丝时，就见地上亮起个火红的回纹字，美如都市霓虹，都对砚华喝彩。

几人翻出个铝锅，胡乱刷了，放了水，坐到回纹炉上。又将肉分切寸段，放一铝饭盒内。肉段上撒些盐粒葱末花椒，掸几滴白酒，小心放到锅里去蒸。

待一刻，便有蒸汽冒起，肉香也随之溢出，缭绕于室，勾得众人焦躁，便要揭锅。砚华力排众议，坚持蒸了大半个时辰。待揭开锅盖看时，却见满满一饭盒深黄色的油，如液化的琥珀，肉已是不见。砚华道声"惭愧"，忙拔了电线。小苏找了手套，将饭盒取出。油倒出整一茶罐，下面方露出肉条，已然缩得细小。

众人都道"可惜"，于是争相动手，夹了肉条到口里，齐声大赞。我肚内油旺，便安居人后，从容了去尝。只觉肉条咸鲜，且已耙软，所谓入口便化。虽是香糯，但不过瘾。

不消片刻，肉已被吃得干净。砚华将空饭盒看一下，抬起头，东张西望。我知他尚未尽兴。却见他忽然将那茶罐取过，端到口边，喉结抽动，汩汩有声，一气将那油赫然喝下小半罐。放了罐，递给克明，抹一下嘴说："这油喝得真叫过瘾!"几人见说好喝，就都捉过罐子，一人几口，将油分喝了，方才显了意足。

回看地面时，那炉丝处土色浅红，一如熟蟹。回纹槽边缘坚硬整齐。用勺去敲，清音如磬，似是烧成了砖石。

四

我记得在柏林工大，去系里登记，选帕普教授的课。这时看见帕普，老头儿红光满面，心情甚好："呀哈，谢，你选这课? 好呀。第一堂课你来讲吧。"我吓一跳："怎么我讲?"老头儿笑眯眯："这是小班研讨课。你既是要选它，我建议你准备讲一节。资料和参考文献，请到我办公室来吧。"我忙去看那课说明，类型栏中赫然一词在上：seminar。只好苦笑，心说着了套儿了。

seminar，第一次听到这词儿，是在陕北，竟是大山里的万庄。

头年大学恢复招生，知青中有了震动。并不考试，凭严格政审，须红色出身，方推荐入科。到1973年时，民间风声愈紧，说大学真的要开考了。

万庄那天清早，睁开眼时，窑门纸窗上，天光早已亮起。前夜书看的晚，醒得迟，奇怪队长没有呐喊出早工。开门却见外面淅淅沥沥的雨，空气湿嫩嫩地涌进了窑。

那时窑中读书已久，都结束了中学功课。竟大了胆，去看大学数学。牛顿、莱布尼兹的数学技法，微积求导，积微求和，带的新鲜哲学思辨，给了大家科学文明的快活。

窑洞门外，雨渐成幕，天也白了，看光景几个时辰雨停不住。这种天，上山路滑，队里不出工。让人开心，今天能看书。

中午时候，卫华跑来。他红庄知青，也在看书。经常过来，交流些问题。下雨他们庄也不出工，游荡出来，又跑我们这里。

一时窑洞中热闹。砚华看了说："今天人多，咱搞一回研讨班儿，英文叫seminar。"

我只知"讨论"的英文是discussion，seminar不曾听过。

大家就都看砚华。

砚华告我："seminar不光是discussion，"——他哪儿得的知识——"国外大学教授，有一种上课方式，叫seminar，给高年级或研究生。"

那是种授课方式，一人讲，众人听。"但和上课不同，站在台上讲的，不是教授，"砚华说："是学生。"我看着他站那里，忽然觉得他挺像国外大学教授。

这一般都事关新理论新方法，教授自己也不熟。但教授不讲，让学生讲。学生看资料看参考，自己读懂，上台讲。教授其他人下边听。讲完共同讨论，总结，甚至诘问质疑。

"每人上来，给大家讲个题目，"砚华脑子带的学究："这种方式，是个人自学搞懂，讲给同学老师。通过讨论，获共同认知。"

我觉得新鲜，感觉这方式，会适合书本没有的知识。便说了想法："数理我们有书，都学了。但社会知识，我们太多不懂，也没处看书。我觉得砚华说这特好。谁知道，谁会，谁讲，大家讨论。"

大家便议论社会知识，说到知青最感兴趣的话题，如应付体检。"书本没有。咱们可以seminar讨论。"

"装病我知道一个，"卫华坐灶旁，捏了烟叶子卷烟："听李庄知青说的，香烟泡碘酒，晾干。抽这烟去查肺，X光出结核点，是碘沉淀的阴影，特吓人。碘过几天就能被吸收，没关系。"

"我说一个。吃洋地黄，体检时能让心律不齐，"简华贡献说。

"那不能碰上高手，"卫华更具有知识："北京友谊医院心脏科陈主任在这里。他专门研究过洋地黄造成假心律不齐曲线的辨别办法。"

大家就都叹老头子死心眼，搞这个课题，不给知青留路。

砚华听了说："本来是想数学题目。社会知识我们空白，为了上学，我们得花时间精力，补充这些知识。"我其实是听到，他心底深的悲哀。上大学搞政审，会没他份儿。可他就是心不甘，徒劳了尽全力在做争取，可怜。

砚华的话，对大家，也对自己："我们都尽最大努力。不争取，没一点儿希望。争取了，就有可能会有希望。"他跟卫华说："你来试试准备，给大家讲一回体检？"

"考试时，"砚华接着说起："卷尾也许会有选作题，比如'举一个在工农兵三大革命斗争实践中运用课本里科学知识的例子'这样的题目。当然你可以不做。但我们有出身问题，这题绝对不能放弃，得准备。实际是展示能力的好机会。例子要想得难一点。用高等数学，表明自学程度。"

几人说有理。于是都去想，有人就去翻书。

砚华说："我想过，用积分算复杂体积，这样实践中的例子好编些。或者是沿条复杂的边缘曲线作积分，或者是沿横竖两向作二重积分，这就显了水平。"

大家都说好："要是把判卷的老师都给弄得看不懂了，这印象效果可就出来了。"可是积分毕竟与山上古老的牛耕地有些距离。"农村的应用例子怎么设计呢？"我担心地说。

"算猪槽容积，准确给猪喂料，"砚华脱口便答，一脸的迂夫子相。大家都笑起来。

可砚华认真："积分算猪槽，当然有道理，是配发酵饲料，得准确按比例上料。"是杀鸡用了牛刀？就是为给人看，手上拿了把牛刀，接下来还可以算发动机飞机宇航船的。

五

我还记得窑洞最后一次 seminar，是砚华做的。

砚华好文笔，被上面看到，临时抽到延安县里，写农村调查文章。队里已月余不见人了。

一日醒来，觉人清气爽。上面传了话来，叫知青到公社开会，就都没出工。正要走，却见窑外高天薄云，砚华回来了。

"今天搞个研讨，我讲，时间不长，"砚华黑瘦许多，气色却好："延安高校招生。"窑里立时安静，大家合了嘴望着他。

"今年高校招生，真考试，考初高中数理化。分配各地院校名额不同。在延安地区招生的高校有北京外院、西北军工、陕西师大、西安建工……"

土窑昏暗，浮动着兴奋。只觉得人眼鲜亮，想到杰克·伦敦小说的饿狼或其他猫科，在寒夜中炯炯的眼。

我感慨说："老天，真的要考试上大学了。就怕是考试不让咱参加。"砚华愣一下，没说话，却继续报告：

延安地委某月某日，成立1973年高等院校招生小组。这是一个临时性的机构。由某某某任组长，霍某某和某某某任副组长，小组成员有某某、某某某……

组长某某某，地区组织部的。副组长霍某某，"文革"前任文教局副局长。因搞按分数和成绩选拔尖子学生，"文革"中当成执行资产阶级教育路线被批斗。

砚华满怀了希望：我觉得霍会对努力自学的人有同情和好感。

看着大家点头，砚华说："我们每个人都去主动找他，谈上学愿望，谈自己自学情况，"霍作息时间，礼拜一三地区党委政治学习。礼拜二四上午，礼拜五全天，工作会议。礼拜二、四下午空闲。一般午觉后，下午三四点钟，霍自己一人在办公室，是个空档。他办公室在地区机关大院，上三排，第五间石窑的便是。

几人都听得欢喜，夸赞砚华，这些知识，如何就能知道。

"我们出身不好，要特殊表现，才可能有机会。比如写论文之类给上面，表明自学能力，可以去交霍局长。"砚华取出一叠字纸："这是我早先写的学习笔记。改成了一篇文章，题目叫：偏微分方程数值解方法的两点改进意见。"

大家听了都说，砚华这题目够大，交上去肯定破格录取。

因事起仓促，我犹像着，不知选什么题目。砚华看了，说："我有篇东西，也是以前写的，老了点儿，叫'运用唯物辩证法指导开关电路设计'。送你了，你读一下，理直气壮算你的东西。"他见我踌躇，催促说："你得扔掉那些不好意思什么的。这是我送你，不算抄袭剽窃。"

我向砚华道谢，却又想一下说："我用英文攒篇文章吧。能很快搞出来。"内容可以写自己如何农村改造锻炼，如何接受贫下中农再教育，又如何自学，及上大学的愿望之类。

砚华听了说："也不错。社会上把英文扔太久了，现在几乎没什么人懂英文。你写英文上去，准能够上水平。你上学的愿望那段打算怎么写呢？"

我说："就写在工农兵三大革命实践中深感科学知识的缺乏，希望能深造学知识，之后再把知识用回到工农兵三大革命实践中去。"

砚华说好。又说："我在延安城里认识一个华侨。他曾在国外，英文不错。回国来后成了右派，流放在这里。你写好了，我带你去找他，把文章帮忙给润色一下。"

几人又议论一气。见天色不早，说得动身，晚了须不好看，这才散了。砚华到窑中匆匆取了些书纸杂物，大家一起离了庄子，往公社去。

沿小路下到庄口沟洼，砚华告我说，他可能要给招到县农具厂。我还未及答话，见后面尘土漫了半空，遮天蔽日，大群羊汹涌自路上拥下来，大家纷纷向两旁斜坡上跳。羊后面跟了个海富，身上穿得稀烂。手捏把拦羊铲，怡然哼个曲儿。见到我们，嘴咧了笑得一发憨厚："砚华要招工去县了？不要走了，黑夜都到我窑伙吃豆杂面来。"几人都笑，说消息好灵。海富说：乡里人不识字，消息传得就是快。又说砚华，有空就回来看看，不敢把咱万庄忘了。砚华答应。

路上砚华告诉说，北京干部支延工作队要撤了。走前和县里谈了，北京知青中，年岁大的，家庭困难的和出身有问题的，可能终究无处可去，只能扎在陕北。尽量帮忙在本地县社厂子给安排，工资高低能有两个钱。砚华"黑五类"，已被找过谈话，分他到县农具厂做学徒工，每月有十八个元。砚华说，他考虑了，最终没的路，还是去的好。"不管在哪儿，我要争取上大学。"我说："农具厂在延安城，在城里可能有机会接触各种官儿。要是有他们什么人点头，你准能进考场。"

砚华说那自然，又说希望大家继续坚持自学，上学的事，要多方争取，不要气馁，只要能进得考场，就是成功。多多联系，有事都互相通个信儿。

六

那时我清楚，批准砚华和我参加考试，实际政审很难。但受砚华传染，终是心有不甘。要去用头撞那无望的南墙，企图做那百分之二百的挣扎。

河庄坪公社驻地那个傍晚，空中细雨无声，不见雨丝，天暗得飞快。

沿小路走上斜坡，脚下是公社书记家窑顶。我拢着衣袖，百无聊赖，野狗似的游逛。

家家窑顶，一缕轻烟相继冒起。看那烟在小风中慢慢地扭，想到大漠孤烟直，那是因为没有风。此时这风湿冷，寒透衣衫，搅起肚内饥馁。正是晚饭生火的时候，我知书记家也在做饭，不可打搅。

此之前，我进城里找过霍局长，霍甚是和善，肯听人讲话。对那篇英文有兴趣，说是他看不懂，可以让延安大学老师们去看一下。可是参加考试，还是要走基层推荐，政审合格才行。只要能推荐上来，自学的这种情况会给予考虑。说原你队史砚华也这种情况。

砚华和我都明白，我们俩都得和基层领导谈。他需要找农具厂书记，而我是找公社书记。争取各自单位推荐，被批准参加考试。

在队里想了两天，盘算去说动书记。下午便到了公社，书记却在开会，不可打扰。直到天黑会散，看了他回家，思想着待他吃罢饭，有心情听讲，再上前去细陈上学愿望，盼他好心能够批准。

天愈暗了，书记窑上那烟渐消。烟道口飘出两粒细红的火星，转瞬灭了，便又守候。四周昏暗，寂无声响，不知何处，传了一声细细的羊叫。

我犹豫许久，怕吃过饭人便要去瞌睡，终于定下心来，转到窑门前，举手去敲那门。听里面沉沉地发出话来："谁个？"

我口中答应，慌忙推门。窑里电灯晃眼，书记端坐炕上，手中捏根烟管，炕桌上碗筷零乱。灶旁婆姨在收拾家什，见我招呼说："哪队的北京学生？"书记有些诧异，拦过婆姨话头："这晚你来作甚？"声音硬朗。我忙开始说：想上学，自学，知识不够，请书记批准，参加考试学好了干革命。一气讲来，语无伦次。

书记听了，静半晌，尔后发话道："我知你家情况，公社搞过调查。说是你爷你大两个，搞那号资产阶级学术。这北京有文件放着。听说西沟你几个净看古书外国书，什么《水浒》《红楼梦》。要好好划清思想。"喷口烟，想了想，缓了语气，又鼓励道："你实际还是好青年，队里说表现不错。政策要讲宽大，招大学有规矩。你好好安心在农村，也一样干革命，不敢胡思乱想。"

书记一席话，有政策给出路。我点头称是，有些手足无措，赶忙检讨反省。见了书记点头，便慌忙起身，狼狈告辞。书记跟到窑门，叮嘱道："走好。"

出来见外面，四下漆黑一片，不见一点星光。也不去找河庄坪知青过夜，懒懒一人，脚下深浅不觉地往沟里走。雨却愈小，统化作冷风，吹得浑身凉透。半夜路过红庄，听村里狗子凶恶，直咬成一片。

近万庄时，夜已将残，雨却停了。静夜空中，转出一轮皓月。残云呈五彩，被月光逼住，远远地散开。四野忽然分明，山路银子似的亮。

隔天死睡醒来，人有了活气。抄起书本，翻几页，放到一边。心里终是不甘，就又请假，往公社走来，不明白这算是去做什么。只是这种时刻，人心里发慌，没法安静队里呆着。没来由心里直觉，虽然无望，但呆在公社，兴许会碰到机会能再做些争取也未可知。

进得公社大院，见文书李明发往外走。李与西沟知青都熟，见了我，拉进他的窑，热情递杯开水过来，便问我能借出些钱么，"好侯子，十五元，过下月一准还来。"他以前也借过，都还的。我想我没十五元，就问他为的甚事，他给我讲他什么急用，而今我都不记得，好像些自家难处。我答应说："我有五元，都先借你。再问问谁，看能帮你。"他便记起来，问我走公社来作甚。因就说起知青上大学，我问他："书记说我家情况严重，不能批准考试。你知咋回事？"

李明发几分不解："咳，你们这些北京学生，都非要去读那大学做甚？"关怀了低了声音："我这是私下和你说了，为知青入党入团，公社去年搞了政审咧。给所有知青父母单位儿发外调函，数你家单位儿，回信残豁。说你爷搞的国民党地质，什么大官儿，反动反党反毛主席反社会主义，这些话都有了。"

我听了，人直如盆冰凉到了脚。这是把墙上贴的大字报塞到档案里了，当然是没了一点希望。

但想到砚华，做百分之二百挣扎，便不肯罢手。隐约听说，单位里谣传，要恢复父亲研究工作。父母那边祸一遭福一阵出些故事，俱暗合着时局变化。便谢过了李明发，连夜走的延安城，给母亲挂长途。平素家中事，父亲不懂过问，母亲却向有见地。

时值"文革"乱后，百废待兴。闹"文革"与搞实务俱在，晴一阵雨一阵，乍暖还寒。研究院旧领导在接手上台，母亲便去找。有老领导早年与我家前辈工作往来，不敢完全翻案，于是出个措辞含糊的函，说看学科上有些权威，有些成绩有些贡献，也说些错误，看家属能否被准去进那大学考场。用词小心翼翼。一通含糊后，又提议可结合子女表现，适当综合考虑云云。

我捧那电文，又去找书记。书记将那纸头，慢慢念过两遍，喷了烟，疑惑说："学科权威，啥个官？"想了一想，"成绩贡献，总是个京官。这戏文上也见有，京官贬到乡下，不定何时又招回朝里也说不准。"于是和善了口气："娃队上说表现不错。去通知文书，参加大学考试公社没意见。叫去推荐参加。"又叮咛："日后到了北京，可不敢忘了咱这小地方！"

七

砚华终于不被批准参加考试。

他那情况，比我要糟。父母遭单位批斗，街道批斗，被赶出北京，押回老家乡里，北京的家被抄得精光。我知他父母读书人，祖上好像留的几亩田，那是万恶。但更要命的罪恶是，有叔有伯在台湾在美国。虽读书人，但性质是"复杂的港台和海外关系"，属组织最要警惕的一类人。

农具厂，县里，都不批准他进考场，家里更无变通的法子。他做太多争取上学的努力，全都失败。到处撞得是高墙，头破血流的，对心里很是打击。

我知砚华去找了组织书记。他谈自学，解释自己论文。组织书记行武，对砚华当面鼓励说，学文化是好事。后来听到人讲，政审会上书记单举砚华为例，说这是个白专典型，更加上背景复杂，要把这样的人坚决堵在大学门外。

那天下午，在延安县城里寻到砚华。他仍然是不死心，甚至于有些兴奋。他拉我陪他去访个宣传领导，且固执着说：

某某上北工，听说是找这领导说了话的。这领导若说话，就一定能参加考试。但我提醒说：某某的父亲是高干，最近平反被中央启用，我们什么出身，如何能比？砚华一头犟牛："我们去试试，万一领导说动了呢。"

"都一定得去试。试过，不行，知道不行，"砚华讲给我的，是心里的执着。多少年后，砚华对我说他这死理：什么事不说不，说试试。英文try，得"端"一下。

广播宣传办公室在南山。进大门，院子扫得干净，中央砌了花坛，花中生着杂草，都长得热闹。南面一排石窑，门窗漆得鲜艳。我随砚华，捡了个门首去敲。见是一位领导走出来，着一领涤良月白的衫儿，踏一双圆口黑面的软鞋，阔面红唇，举止甚是沉稳。砚华忙上前说明：北京知青，河庄坪的。

于是让进去。靠门窗一套沙发，罩了白布的套儿，围个茶几。脚地干净，一尘不染。墙上挂一溜儿领袖头像，个个脸上都很喜庆。领导让沙发上坐了，砚华便讲述故事：插队，自学，想参加大学考试。书包中又掏出叠稿纸，上面钢笔正楷，一格一字，抄得工整，两手递上去，说："这是我写的两篇文章。数学的一篇，物理方面一篇，可以检验自学水平。"

领导接过来，翻看了题目，放到茶几上，说道："搞文化学习不错嘛。有些知青，尽唱黄歌看坏书，你们学习文化，不错。我看，这应该提倡。"端起茶杯，人仰到沙发上，说：

"上大学，好事。"因问砚华，家里在北京做什么工作。砚华直了身，认真地斟酌字句，底气有了不足。领导便不待讲完，插进话来说："出身不能选择，划清界限就好。"呷口茶，语气宽厚，鼓励道："平凡岗位是很有前途的，做螺钉一样能发光发热。"

我一旁无事，只转了头，去那窑里东西张望。

告辞出来，砚华默不作声，沿了山路曲折地走。天渐黑，头上星光及山下灯火在陆续亮起来。

"你知道，我头一次，做了一回违心的事，"砚华忽然站下来，沉吟了对我说道。他太需要找人倾诉了："L对我说，她有个舅舅，是西京大学物理系主任。她可以安排我去物理系讲一次，讲我在物理方面的自学情况。他们听了也许会要我的。"

我知道L，是延安川面公社的知青，拉一手快活的手风琴，才知道她喜欢砚华。但我知道，砚华心里已恋有他人，是西沟插队知青S。两人患难有日，彼此有感情。砚华停一下，心绪极坏："我知道我不能接受L的帮助，到后来这会伤害到她。我犹豫很久很久，但还是搭车去了西京。你知道那诱惑力有多强大，我根本无法抗拒，"他语气沉重："我看到我软弱的地方。"

我听了无言，因我实在理解他这心境。

静了良久，我问说："但你在物理系讲得怎样，有希望吗?"砚华语气疲惫,讲述在西京大学,当了一屋子物理系老师,讲他在队里,补高中各科,修大学功课。高等数学、四大力学都按了自定计划,认真去读,遇到过不少困难,但已修完许多内容。老师们都听得有趣,又提问些学问上的问题。系主任听得惊讶,感慨说,农村环境简陋,自己学到这样程度,说明在理论物理上,自学能力及理解能力确实较强。"那么你能否谈一下家庭出身情况。如一般的没什么大问题,我们有意把你这情况报告上级,作破格录取。"砚华说,他一五一十,将家里情况交代了个一清二楚。讲完之后,竟是全场鸦雀无声,老师们都不讲话了。到后来,主任站起来,对他说道:这事非常可惜。我们这里,是尖端物理学科,要求查三代人家庭背景。政审非常严格。你家情况复杂,不适合这里,更不适合学习这门科学。报批上级不会有希望。愿你能不气馁,回去继续,把自学在农村中坚持下去。

砚华语调悲凉,说道:"我从西京大学出来,觉得人要大病一场了。"静一会儿,可又说:"但我还是不甘心。我知道,只要能参加上考试,就肯定能上。明年不行后年再争取。"

我望他脸,瘦骨峰棱,眼射精光,如斗牛士对了奔来的牛。

"连续几年都没机会进考场,最终上不成呢?"我犹豫了一下,口中有些苦涩,小心地说。

砚华不说话了。停一刻,赞同地点头,脸暗下来:"这有可能。过了岁数，人不能八年十年的试下去。最终无论怎么努力，还是上不成。"话中几分凄苦与无奈。

他眼光散漫了，去看那虚空，心抽去了根底，良久立着不动，然后缓缓说道："那样的话，大概就真是命了。"停一下，居然换了声调和情绪："那我就去写小说！要把这些经历都写下来。写下我的不甘心，写下我的抗争。留给后人，看看我们在怎么样的一个荒谬中做了怎么样不甘的挣扎。"

砚华忽然闭了口，目光闪亮向前看。我觉到奇怪，顺那目光看去，见是路旁立一块大石。石面坚硬平整，却偏偏一株小草，纤细稚弱，孤立在光滑的石面上，露得细细一根青翠，迎风摇曳，仿佛有些灵性，是在向我们召唤。我过去，看到一细小石缝，那草是从那缝隙挣扎出来。

砚华也聚过来，对那草呆看许久，有了感动。这必是冥冥中，给我们的指拨。

他去衣袋摸索半天，竟掏出来一把小折刀。蹲下来，他对我说："我们来帮它活得容易些。"我见砚华用折刀，极其小心，把裂缝略微撬大。两个都沉默了，望着那草。

我待要说些什么时，砚华忽然站起来，走到山崖边，立那里。而后挺直身子，迎了来风，迎了山下的万家灯火，把衣领扯一扯。突然间狂啸出口，仅三个字：

"我——不——信!!"

那声音撕心裂肺。它将年来积压的抑郁，屡试屡败的辛酸，凄厉地吼了出来。山谷喝彩似地报以连续几个周波的回声，荡在虚空中，久久不散。我呆立不动，感到惊心动魄。

万籁无声。我看到冥冥上空，有只静静注视的眼。

静了许久，我们才下山。一路上没有一句话。

结　尾

想起年前，北京香山饭店，中科院国际物理大会。

我意外发现主席台上竟坐着砚华。二十多年不见，一眼将他认出。砚华是特邀与会，会后去物理所去北大，作暑期高级学术讲座。讲座题目玄妙，唤作"量子纠缠态与量子信息论"。

那年我走后，砚华继续在县农具厂，学徒工。1977年国家开考，不计出身不再政审。为贺他参加考试，我们痛饮，喝到烂醉。砚华得进大学物理系。后去国他走，赴美留学，借助那曾害他一路的罪恶海外关系。

那时没互联网，与他一度断了音信。我知砚华不会停止前行，只是时时挂念起他，知道他就是那棵野草。于天涯一隅，祝他成功。

而今二十多年相遇，两人感慨。其间艰辛变故，当年风雨坎坷，彼此叙来，唏嘘不已。

那株顽强的野草，命数中为我们亮起暗示。砚华终得自由发展，他进马里兰大学，攻量子光学，先获物理博士，后任物理教授。在马大，建起了自己的实验室，终日埋头光子世界。Dr. Shih量子光学实验室，成功许多出名实验，比如首次SPDC，造出纠缠态双光子对。量子光学界，凡制作纠缠双光子，都在使用砚华的SPDC。比如曾200个标准偏差值证伪贝尔不等式，支持量子力学。比如成功量子擦除实验，诡异地崩溃了因果次序。Dr. Shih实验室，聚一批美俄英意诸国的优秀学人。

2002年，砚华世界首次成功量子纠缠鬼成像实验，获Lamb奖。颁奖人Scully教授，做过Lamb的学生。颁奖会上，老头儿Scully对砚华的一句赞语，为人广传。Scully对来宾调侃说：史教授和我们的经历太不一样了。我们大家研究光子，是在大学美好的殿堂。史教授学习光子，是在中国西北贫瘠的大山上，那时候他在山上刨土豆儿。

三　爹

　　三爹是母亲的三姑姑，也就是外公的妹妹。三爹上面自然还有两个姐姐，即母亲的大姑姑、二姑姑。依次我们管她们叫大爹爹、二爹爹。她们都是自清末民初走过来的老辈人。

　　她们都是女人，但家里人叫我们小孩子唤她们爹爹。我小时候总觉得这事儿好奇怪。大了，懂了些事，却不问。现在想来，大概是她们三人都一生未嫁的缘故吧。至于未嫁，好像是因为信主的什么缘故。

　　三爹一直都在英国。好像是50年代初回来的，说是参加新中国。三爹的详细经历我不太知道，好像听父亲说过，三爹早先跟了吴贻芳办金陵女子大学，做吴的教务长。大爹爹是神学院毕业，没有退休金。二爹爹说是齐鲁大学毕业，早先做医生，接生过许多小孩。我母亲姐弟九人，是一个很大的家庭。那时我母亲在读金女大，说三爹把她们管得好凶好惨，完全英国嬷嬷式儿的教管，规矩都是这不行那不准的。

母亲那时个性独立，不大服管。晚上溜出去看电影，半夜回来翻墙，先把自行车扔过墙。捣蛋如此，自然要和三爹冲突。

三爹好像回来没多久就退休了。我猜想，她肯定是搞不懂新式儿的无产阶级革命。三爹在北京搬过几次家，后来就搬到厂桥永祥里7号。这是一个老四合院，民初的时候做过个小学堂。正房住着房东，中间用竹篱笆隔开。三爹住东厢房，有三间。她和大爹爹、二爹爹，三个退休老太住在一起。院里还散住了好几户人家。三爹住四合院儿，不懂北京人要讲究个"处街坊"。她说话办事都按个规矩，直来直去，不拐弯。街坊好像都知道这么个洋派老太太，院里人也都管她叫三爹。

三爹保留了许多英国侨居时落下的毛病。我是通过三爹才知道英国人每天都听天气预报。三爹也听，每天必听，认真。家里架子上摆一个老式五灯收音机，带了个猫眼，不干别的，听天气预报。我去她家，满耳朵灌的都是"今天白天，晴转多云。风力一二级"。不光听天气预报，还要听天气形势预报。天气形势预报的播报是念一句，停半天，让人作记录的那种："西伯利亚冷空气……"停半天："前锋继续东移南下……"又停半天："未来三天将影响本市……"三爹一边忙着家务，一边听，从头听到尾。听了就信，天气预报说有雨，就是外面阳光灿烂，三爹出门也要带伞。天气预报说天晴，就是外面起了黑云，她出门什么也不拿。英国人式儿的，规矩守得刻板。

记得三爹总叨唠，说用筷子到一个公共盘子里夹菜不卫生，大概她在英国分餐吃惯了。终于有一次，家人在三爹家吃饭时，三爹提出"政改"：每人发两双筷子。用一双筷子，到公共菜盘子里夹菜，叫"卫生筷子"。夹完之后放下，再拿另一双筷子，把饭菜往自己嘴里扒。好麻烦耶！舅舅们、姨们，都反对，但没有有道理的理由。三爹于是跟国会辩论通过似的，坚持施政，大人们都没办法。吃饭的时候，人人轮换着捉两双筷子，手忙脚乱，严重影响进餐效果。

那时候每个礼拜天，母亲家里人都得去三爹家聚会，吃饭。母亲家里人在北京的有好几个，还经常从外地有人过来。礼拜天的永祥里7号总堆了一大家子人，吃饭的时候很热闹。

吃完饭洗碗，得几个人一起来做，于是大人们都动手。屋里没有自来水，弄一个盆，放碱倒热水，洗第一遍。再弄一盆清水，涮第二遍。然后用餐布，擦。碗盏上不可以带水，必须擦干掉，才能放回到碗橱里。这又是洋人的搞法。

那会儿三爹家不雇保姆。三个老太太，事情都自己动手。三爹坐汽车换电车，到东单菜市场买菜。她总喜欢晚上做事，晚上做排骨藕汤，做珍珠糯米丸子，准备鸡呀肉呀什么的熬的炖的菜。忙到半夜，不睡觉。三爹可真能熬夜，有时好像通宵都不睡，都是为了准备这礼拜天的大桌饭菜。三爹的菜都是湖北式儿的。藕是大块，熬在排骨汤里，煮出来粉红色，咬一口能拉出好长的丝儿。她的珍珠糯米丸子很复杂，要放荸荠，斩成小粒。肉馅里要打黄油。糯米粘上去，蒸出来，米粒一个个直立地竖着，小刺猬似的。她做的珍珠糯米丸子很好吃。她喜欢凉拌扁豆，她叫它四季豆。扁豆白水煮过焯过，放一点盐，滴一点香油，加一点味精，绿绿的一盘，很爽口。

因为每个礼拜天去三爹家吃饭，我保留了小学生时挤公共车的记忆。我们每个礼拜天都去挤公共车。礼拜天一大早，父母就带我们五个小孩出发，从百万庄挤无轨电车，然后在白塔寺换13路公共汽车到厂桥。这是一趟艰辛的征途，因为车都挤极了。车站上乌压压站一汪的人，没有排队按次序那么一说。上车很难，下车亦难，往往上不去，或下不来。父亲母亲挤在车里，人堆中招呼我们五个小孩，顾此失彼。在白塔寺换车时，我们被一个一个从大人的腿中间给拽下车来。

走到胡同口的时候，母亲就开始叮咛："进去要喊人，不可以没有礼貌。记住啦？"我们跑进院，推门闯进屋里，站成一排，一片声儿地大喊："大爹爹！二爹爹！三爹爹！"屋里的大人们都转过脸来，欢呼。四姨笑着唱："鸡儿鸭儿都来了。"她弹钢琴，是芭蕾舞校的。

大爹爹静悄悄的。有时把我们叫到她屋里，宝贝似的拿出东西来分给我们吃。往往是一盒饼干，或一包点心什么的，都是收藏了好久，有的已经长虫儿了。大爹爹穿的衣服很古旧。我最记得她穿一双长长的白筒袜子，下面是一双扣襻儿黑布鞋，像电影里林道静穿的那种，想起"五四"时期上街的女学生。有次大爹爹把我叫到她屋里，焦急着一口湖北话，说："折才不得料咧（这才不得了咧），报纸上说，给鬼（各国）都在打仗。儿本（日本）跟中国打，德国跟匈牙利打。"我拿过报纸一看，原来是在赛世界乒乓球锦标。

"文革"来了，在海外呆过的人，按惯例得要怀疑和修理。三爹懵懵懂懂的倒挺幸运。她因早早退休，机关单位的人早不记有这么个人。邻居中也没有和中学红卫兵组织有勾搭的，所以三爹在小院相安无事。但人的敌情观念得了大幅提升，互相警惕了，重新打量老邻居老街坊。就有那警觉的跑去揭发，说三爹这人行为古怪可疑，老是在晚上活动，深夜屋里经常听见"扎扎扎"的响动，想必在发电报，向外传递我国机密情报。于是派出所派来着警服的张同志，来几次，做调查了解，并实做侦察。张同志一边说话，一边东张西望，顺墙沿屋顶天窗寻找电报机天线，看到的却是一大摊老太太居家度日的琐杂事。熬排骨冬瓜汤，洗被单被罩，用煤球生火炉子，和机密情报牛头对不上马嘴。后来张同志终于忍不住，直接去问三爹，晚上不睡觉，"扎扎扎"地搞什么？三爹费半天劲，才搞清楚所问何事。她莫名其妙，说："我在踩缝纫机子。"并踩了给张同志看，果然响若"扎扎扎"。倘夜深人静，这声响诡异，若是带了敌情的观念，或闹鬼的心思，就相当瘆人。

三爹每次见我来，就把这类事情和我讲。她显然困惑，不知道该怎样做才能合适这社会。似乎我懂政策多些，能给她正确的建议。"派出所，张同志，"她总跟我这样开头。大爹爹则是更糊涂，她说起张同志总是"那个闲兵（宪兵）"说要么样样。有次三爹情绪沮丧，跟我说："派出所不准给外国写信。"原来，三爹断续接到国外朋友的信，多询问近况祝平安之类，来信的不外是在学院或公司做事的朋友同事熟人。三爹说，她去问张同志，不知道国家规定，可不可以让她给国外回信，张同志说要把这些信拿走去审查。三爹说："我就把信把得他拿去了，过了很久不理睬我。"三爹又去问，张同志把英文信还给三爹。对给国外回信，张同志既不说准，也不说不准，拖着不回答。三爹搞不懂为什么不可以跟人通信，跟我评理说："人家给你写信，你就应该回把他。不回信，不理人家，是对人没得尊敬。这让外国人看不起中国人，说我们中国人没得礼貌。"那位张同志我见过，平着脸，严肃，觉着是叫人得小心听说回话的那种。

　　三爹家不远有个独门独院，住一户白俄，有两个女孩儿。这户人家高度的拘谨小心，和邻里保持着谨慎的距离。弟弟毛毛和那个女孩同班，俄国女孩非常漂亮，但在学校几乎不和别人来往，甚至不说话。放学立即回家，进了门，大门紧闭，再无人出入。能感觉到他们的孤独无助，想到中世纪他乡的异教徒淹没在正教人海中的恐惧。后来"文革"来了，二话没说，一上来家就给抄了，人被撵走。当然安的有罪名，最后流落得不知所终。小院门里搬进来许多中国住家，门前绿柳婆娑，春光依旧。

"文革"后期，革命就有了懈怠，人们开始慢慢走动。三爹叫弟弟毛毛，有时求我，去寻过去的什么朋友或熟人，不是问什么事情，就是为封信。这随便去找的什么人，都感觉是个人物，而且还有曾经泰斗级的腕儿，"文革"中都斗得七死八活。有次去找个什么人，三爹说他住的房子好大，地上铺的花砖。结果我费许多打问，在一个筒子楼临厕所的小房间找到那人。是个老头子，着一旧中山装，掉了颜色，普普通通，跟个看门儿的似的，但身上觉到残留着气质，不凡。屋子里像个堆房，到处的书纸，外文的，中文的。床上，活动桌上，都是杂物，一长沙发挤着，破得没了面子。屋中满满登登，公共汽车似的，再进来一个人就没地儿了。

我看着他们，感受到人世的艰难。但有一次，三爹却让我有了这人间的新体会。那回是北京展览馆举办美国美术作品展，三爹带了我，坐了好远的车去看。展览免费，招来了乌压压的观众，多是年轻人。那时"四人帮"还没倒，禁锢造成人们的饥渴。里面早已人满，要出来一个人，才放一个人进去。广场中，数百人排了长长的队，在静静地等。两个高个儿洋人在队列间闲站着，说话。看看无望，我拉着三爹预备往回走。三爹说："我去问问看，他们能不能照顾一下老年人。"她告诉我说："他们尊重老人。英国人的展会博物馆，都会照顾年龄大的人。"于是我搀了她，去跟洋人讲。这是我长这么大，头一次听到三爹开口说英语，非常流利，就跟个洋人似的，真好听。后来我才知道，她那是标准的剑桥英语。高个儿洋人立马弯下腰，低头听，恭敬应答，表情郑重。三爹回过头来跟我说："他们说他们很高兴能够接待我们。我们进去吧。"三爹拄了拐杖，腰弯九十度（她年老了，早已直不起腰了），于两排众目睽睽中，徐徐前进，如英女皇进入威斯敏斯特教堂。我和个高个儿洋人缓慢跟在两边，陪着，像卫队侍卫，画面奇特。这件小事叫我一直记着，它让我渴望人之间的友好，体谅，理解，互助和尊重。

后来我来找三爹，请教英语上的问题，她和我讨论，鼓励我张口，让我试着用英语和她对话。

出国潮渐渐涨起来的时候，三爹开始在家里给人家教英语。三爹大概需要钱了，她要支撑大爹爹二爹爹和自己的生活。她没有钱，她原来积攒的那点儿美元，都在"文革"中烧掉了。

三爹爹去世时，我在德国，没有见到，没能和她道别。她是等到大爹爹二爹爹都过世后才走的，她走得很安详很平静。

史铁生

每次回北京，都去看史铁生。每次去史铁生那儿，都看他好好的。脸黑红，笑得灿烂，生命力特旺的感觉。那生命力在个废墟上，向四周散发，不可抑制。但每次希米都跟我说是刚刚发生过危机，"很危险，又挺过来了"。

2010年12月30日晚，看到邢仪20点49分发来email，说"史铁生病危"。还接到孙立喆从美国来的email，急着要在医院找人联系大夫给抢救。"史铁生病危"，五个字异常凶恶。看着那字，觉得眼前跳着黑色的闪电，我知道那是错觉，但预兆极不祥。我不知所措，觉得非得做点儿什么。在屋里转了三圈，一种无助的想求救的绝望，让人心里瘫软。想得我没了办法了，忽然发了奇想，求求神吧，也别管哪个教的了。我知道铁生说："为求实惠去烧香磕头念颂词，总让人摆脱不掉阿谀、行贿的感觉。"但现在顾不得了，觉得是怀了真诚的行贿心。确实，我还没拜过神求过神呢。

我对姚建说："你去找找，看咱这儿有香吗?"姚建就到处在屋里翻，最后找到个香炉，还有一盒香，是多少年前母亲到柏林带来的。香挺粗，像根粗铅笔，香盒里母亲留的纸条说：须插端，务使燃尽后成一根香灰柱，有验。我们俩把香点燃，端端正正插好。我跪下来，跟姚建说："得磕头才行。"于是对了香炉，狠狠磕了三个响头。爬起来，头很疼，磕得嗡嗡的，觉得这样好了，肯定能有救吧。

看着香烟袅袅旋起，听姚建安慰说："他老是病危，今年两次病危呢，都过来了。不会出事的，怎么也得让人过六十啊!"这要求一点儿不过分，心里好过一点儿。人忽然觉得好累，我跟姚建说不行了，得先去睡了。她说她要再守一下网，看还来什么消息，事情有什么发展。

早上很早就醒了，姚建什么时候睡的也不知道。见外面漆黑一片，可能根本就是半夜。人爬起来，先担心去看香，见香已燃尽，香炉竖着端端一根圆圆的完整香灰棍，就安心了。去开电脑，信箱里显示有一堆信，不好的兆头。不至于吧。打开一看，全是"史铁生去世"几个字。我觉得嗡的一下子，头上狠狠地挨了一棍子，眼里有泪水。老天，这干的什么事儿啊!

我冲到卧房，叫姚建说："铁生走了!"姚建腾地爬起来，跑过来看电脑。唉，铁生真走了，铁生永远走了。我们太难过了。

作者（左一）与史铁生、王克明合影

我心里生出恨意，说："烧香求神也不灵，香灰棍儿是完整的呢。"姚建听了，不作声。停一下，竟听她小心地说："我昨天晚上想重新把香炉摆一下，不小心把香灰给弄断了。这根是我又新点的一根儿。"我一下愣住，竟脱口："你这算干什么，你把史铁生给害了！"姚建抱了我，流着泪说："是我不好，我害的！"

怎么会是这么段情节，让我震动。铁生该应了星数，神灵有验，预感先兆也真。太让人叹息，这么个命数！香灰注定不会烧完整，它会断，不这么断也得那么断，不怨姚建。这给出兆示，告诉我，上苍执意要收他回去了。铁生必是圈内人，他心深处，有那召唤："必有一天，我会听见喊我回去。"那病痛和苦难，他早已参透。我能听懂，他用这苦难对我们作了开示，他说："我常感恩于自己的命运。"唉，一切外在皆自有主宰，是爱因斯坦说过的："神深奥精妙，但它无恶意。"[1]

谁也不像他那样，人生连串的病不单行。好好地活到二十岁，脊椎裂，下肢瘫痪，肾坏掉，功能一点没了。尿毒，血液里毒积着，排不出去。他一、三、五得做透析，"把全身血都抽外边一罐儿里，洗一遍，弄干净了再搁回去。"他跟我说，像在说洗胡萝卜。他上午透析，人累得不行；下午人虚软，做不成事。第二天上午人清新点儿，能做点儿事；下午，体内毒素又积累，人又不行，等再一天的透析。他的日子，就这么两天一循环。还有什么元素，还透析出不来，就在体内积毒。这么严重糟糕的病，铁生一直这么挺着，撑了三十八年。撰文，出书，精神健康快乐，这人生无人能比。

我想不来我能承受这人生。我说："你别老想干事儿，得先休息。"希米批评他："他是贪。"铁生笑着，抱歉似的："我贪点儿时间。"我明白，为他感动："你不是贪时间，也不是贪利用精力。你是贪生命。别看你不怕死，不在乎生命。"铁生看着我笑。

他给我讲过：我开始不认。年轻，不甘心这安排。后来我说我认了，其实不认。我做梦里不认，梦里我都是好腿，跑，不坐轮椅。命里骨子里不认这事，后来终于认了。有一天我坐着轮椅，看对面来一人也坐轮椅，想：哎？我也这样吗？已经不知觉，不察觉不在乎了，说明就是认了。这，就行了。

但他的活法是受罪。下肢瘫痪，起居全得靠人。不准喝水，最多湿毛巾润润嘴唇，想喝水是煎熬的渴望。睡觉只能两个姿势，其他姿势都有危险。一个是坐床上，向前弓着身子抱个被服卷儿，前俯趴着。另一个是平躺，不能侧，一点儿都动不了。难受得要死要活，就是在受刑。他跟我坦白："我常常想到死。"

他给我讲故事，说植物人，脑筋是好好的，意识清楚。脊椎断了，高瘫，所以他只能想。嘴、眼能动，身子不是你的，你被束被缚，不自由。你这时就特想安乐死，"特向往，"他笑着："对这个人，那是解脱。真的，那是快乐。"

也就几星期前，我还在铁生家坐着，看他说笑。史铁生的笑哎，招人喜欢，天真率真，那是一种类似婴儿的笑。那欢乐是晶莹的，没有渣滓，你马上会被感染。在个黑红大汉的宽脸膛上，会浮出那么种纯真的笑容，真不可思议。

这完全不像个病入膏肓，随时会走入死亡的人。刚吃了好的，他跟个孩子似的开心："我们刚吃过涮羊肉。你瞧，没赶上。下回下回，"问我："你吃羊肉吗？"抬头跟希米说："下回咱约老谢吃涮羊肉，在家涮，再约上俩。"希米笑着看着他，对我说："咱约好，你说哪天吧，我们去牛街买羊肉。不要你管。那儿牛肉羊肉都好，又便宜又好，还干净。"铁生跟着插嘴："我们老去那儿买。哦，对了，还有白纸坊，内合儿（那边儿）有一张记酱牛肉。嘿，酱得倍儿棒。成块儿不散，但不柴。味儿好，吃不厌。我们老挨那儿买。"我赶紧说这我得记下来。然后我想起来，说："我那天看电视，说常营回民乡，有一李小老，"铁生不等说完，叫道："嗨，烧饼！"我叫起来："哎呀，了不得。你知道？真是成精了。走不成动不了的，哪儿好吃的，这么门儿清！""那是！李小老烧饼，一绝啊！"那得意，唉，那笑，真可爱。

希米就循惯例，告我他们这儿经常的故事："铁生刚住过医院，好危险，又挺过来了。"铁生笑着："这回悬，肺炎。差点就死过去，真的。"我说："啊⁈!"看着他，我说："不像啊。"
两人都说："就是就是，真的。"希米说："他一直就老出事儿。
都特危险。"这次是胃液呛进肺，感染成肺炎。铁生侃侃谈，
像在说故事段子："睡半夜，胃酸呛进了气管。睡的姿势不对
啊，人就想偷着侧躺一下，突然就一股巨酸，巨烫，山崩地
裂的，人一下子佝偻过来。然后发烧，40度高烧。浑身大抖，
连好几小时筛糠，特恐怖。"他们到医院去抢救，抗菌素激
素俱下。大夫说得住院，医院没床，就回家。医院离家不远、
每天清早坐轮椅，穿大街过马路，去医院打针输液。铁生笑
说："每天咱起早上班，当了八天上班族。"希米叹说："折腾
了一个礼拜，这才过去了。"

　　叫病折磨得这么久这么苦，他悟得太多太深。大约是他
人坐那儿，干不了别的，就想。过去在地坛，就在树下想。
这想，坐禅式儿的，跟达摩面壁似的。我看铁生的《病隙碎
笔》，内心具深沉的宗教气质。那对神性对人生的追问，是人
独自蹒跚于苦难沉重的路上，需要的解脱。

　　我以为我理解他内心的支撑。他用文字写道："在思之所
极的空茫处，为自己选择一种正义，树立一份信心。这选择
与树立的发生，便可视为神的显现。这便是信仰了，无需实
证却可以坚守。"这是他于苦难中，对自己人生的锻炼。我感
激他给我的这些点拨。

　　铁生把脊椎肝脏遗体都给捐了。没有追悼，没有遗体告

别。1月4日，大家将聚会，是为铁生庆贺六十岁生日。email通知说："拒绝花圈和挽联，希望大家穿得鲜光，长得鲜艳。"

我和大家一样，知道铁生还在。我记着他的话："人死后灵魂依然存在，是人类高贵的猜想。"

[1] 神深奥精妙，但它无恶意：这句话自家试译。可参原文，Raffiniert ist der Herrgott, aber boshaft ist er nicht。老爱自有觉悟，对外在主宰理解深刻。爱因斯坦办公室，在普林斯顿研究院漂亮的法恩楼（Fine Hall）多年。楼里教员茶室壁炉上，独镌着这句话。但我不知在哪里读到的，反正不是在普林斯顿的壁炉上。曾与铁生热烈谈论，两人许多感慨。

后 记

这本集子收的散文，都写的是去陕北做知青插队的故事。

那时我们中学生，离开大城市，第一次进到那样的环境，对那时山村的贫瘠，对乡人的困苦，对知青的艰难，有强烈撞击，留下奇特感受，所以笔下会有了许多这样的故事。

如今半个多世纪过去，延安河庄坪乡西沟那里，已经有了翻天覆地的变化。西沟弯曲的山路完全没了踪影，开通的阔路可以直通汽车。西沟淤出来了大片平坦的坝地，乡人电视网络手机汽车活在了现代。陕北那一片望不到边的山，而今满眼绿茵灌丛树木果林，再不见和尚光头那样的山。记忆里我们插队的时候，环境恶劣到了极致，满眼只有黄土，秃山上没有一棵树，在山上几里路走出去，竟见不到一棵灌丛。感慨国家改革开放，坚决弃耕还林，给农人发钱买粮，严令不准种地，几十年坚持，成功改造了陕北这一方水土，返还回到了美丽的绿色生态。我曾经回去过的那次，站那椿树峁山上，望去一片浓密的绿色，许多惊愕，许多感慨。想起我们插队时经历过的那个陕北，感受对比尤为强烈。

这里这些文字，所记万庄椿树峁枣屹台河庄坪西沟，所记那段知青岁月，是我们一段真实的过去，记述的情节故事，是我们曾经真实的经历。它在这一生中，实在太过特殊，给人许多解悟。这在印象里保留得意义深刻，心里想着要去回顾，有想着要去记下它的愿望，为回看这段真实，去写这些插队散文，不写小说，不编造，只将记忆作出来文字，为回首真实去看那段过去。

一直在学校在公司，也一直忙忙碌碌，或应该说庸庸碌碌，是到很晚，人才有的心思，也才有闲暇，去写散文。即便如此，文章其实都写得较早，大概十年前了。非常感谢中华书局，对大山深处小小的椿树峁发生出极大兴趣，将这些椿树峁插队散文编辑出集，使那段曾经的岁月得以保留。

谢侯之

2022年6月